D1922015

Fabienne Pakleppa

Die Birke

Fabienne Pakleppa

Die Birke

Roman

Luchterhand

1

Druck auf der Brust, dumpfes Brummen im Kopf, im Nacken, in den Schultern. Motorgeräusch in den Ohren. Ein Stoß ins Kreuzbein, erschüttert die Wirbelsäule bis zur Schädeldecke. Tut nicht weh.
Der Körper wird gefahren, wird hin und her gerüttelt. Kann nicht fallen, ist gefesselt. Liegt auf etwas hartem. Spürt Stöße im Rücken. Versteift sich, spürt mehr Stöße. Dann nichts mehr.

Metallisches Klappern donnert im Gehirn, ebbt ab. Kälte rollt über das Gesicht, die Luft beißt in der Nase, drängt tief in die Brust. Tut gut.
Jemand ruft. Entferntes Stimmengewirr, kommt näher. Verschiedene Tonlagen. Eine Frau, mehrere Männer. Fragen. Befehle. Der Körper kippt nach vorne, rutscht, wird gehalten. Riemen schneiden ins Fleisch. Grelles Licht prasselt auf geschlossene Lidern. Etwas stürzt ins Dunkle ab.

Das Zimmer ist im ersten Stock, sagt eine Frauenstimme, aber ich weiß nicht, glauben Sie, daß Sie mit der Trage überhaupt durchkommen?
Kein Problem, wir sind's gewohnt, antwortet jemand. Gehen Sie ruhig vor, wir folgen Ihnen.
Ein Ruck erschüttert den Körper. Metall stößt gegen Me-

tall. Die Augen öffnen sich, blicken in andere Augen. Sehen einen Mann mit weißem Kittel. Sanitäter. Sehen neben seinem Kopf ein Bild an der Wand. Strand mit Meer. Niemand badet. Ein Sonnenschirm wird vom Wind davongetragen.
Paß bloß auf die Tapete auf, sagt der Sanitäter. Schön langsam.
Der Körper wird gehoben, geschaukelt, rutscht nach unten, wird von den Riemen gehalten. Der Kopf kippt zur Seite. Die Augen sehen glänzende Holzstäbe vorbeiziehen, sehen zwischen den Stäben Schuhe auf dem Boden. Einen Schirmständer. Ein Telefon auf einem kleinen Tisch.
Der Körper schaukelt, rutscht nach hinten, liegt waagrecht, wird gerollt. Die Augen schweifen durch einen Türrahmen, haften an einer Decke. Weiß.
Ein zweiter Sanitäter beugt sich über das Gesicht. Lächelt. Wir sind angekommen, sagt er, Sie sind zu Hause, Frau ...
Die Augen schließen sich. Kurzes metallisches Klappern in den Ohren, kein Druck mehr auf der Brust. Der Körper fließt auseinander.
Ich glaube, sie ist müde, sagt einer leise.
Mehrere Stimmen sprechen gleichzeitig. Fragen, antworten, geben Anweisungen. Der Oberkörper wird angehoben, Hände bewegen Körperteile, schieben sich unter einen Arm, packen einen Unterarm. Ziehen. Halten. Schieben sich unter das Gesäß, heben, tragen, setzen ab. Decken den Körper zu, nur den Kopf nicht.

Wir brauchen noch eine Unterschrift, sagt der erste Sanitäter. Wer unterschreibt, Sie oder Sie?
Unterschreib lieber du, Hans, sagt die Frau.
Eine Hand klopft auf eine Schulter.
Es wird schon werden, sagt der zweite Sanitäter, jetzt, wo Sie wieder zu Hause sind, Frau ...
Niemand antwortet.

Eine Tür wird leise geschlossen. Wasser läuft. Eine Toilettenspülung. Metall stößt gegen Metall. Stößt gegen Holz. Viele Schritte auf der Treppe. Gehen hinunter. Die fünfte Stufe knirscht. Muß repariert werden. Im Zimmer reißt jemand das Fenster auf. Spricht nicht. Kalte Luft kitzelt in der Nase. Die Augen öffnen sich, sehen eine offene Balkontür, einen Rücken. Dahinter eine Birke. Die Augen sehen durch die Äste den Himmel. Grau. Schließen sich wieder. Sehen immer noch die Birke.
Hast du Feuer? fragt ein Sanitäter.
Seine Stimme ist gedämpft, kommt von draußen.
Gib mir auch eine, antwortet der zweite.
Das Feuerzeug geht nicht, geht nicht, geht doch. Jemand räuspert sich, hustet. Das Geräusch kratzt in den Ohren.
Scheiß Schicksal, sagt der erste Sanitäter. Möchte nicht an ihrer Stelle sein.
Ich auch nicht, sagt der zweite, die arme Frau.
Die nicht, sagt der erste. Die anderen. Die Verwandten. Die sind wirklich arm dran. Die Frau nicht, die hat's gut.
Die Stimmen entfernen sich. Metall klirrt, weit weg. Türen knallen.

Auf Wiedersehen, ruft die Frau von unten, und vielen Dank nochmal.
Der Wagen fährt los. Die Sirene heult. Nicht notwendig.

Der Körper sitzt im ersten Stock in einem Sessel mit Arm- und Rückenlehnen, hat eine karierte Wolldecke über den Beinen. Ist allein in dem Zimmer. Horcht das Haus ab. Die Geräusche der Leute. Drei Menschen, eine ältere Frau und zwei Männer, der eine jung, der andere nicht jung und noch nicht alt. Unten in der Küche klappert die Frau mit dem Geschirr, seufzt, bewegt Töpfe. Macht zuviel Lärm. Sie kocht Kaffee. Der Geruch kriecht die Treppe hoch. Riecht gut.
Das Telefon klingelt. In der Küche fällt etwas auf den Boden, zerbricht. Das Telefon klingelt weiter.
Warum nimmt denn keiner ab? fragt die Frau.
Niemand antwortet. Im Wohnzimmer findet ein Autorennen statt. Aufjaulende Motoren. Darüber die Stimme des Reporters. Laut. Der Fahrer Nummer 26 hat gerade aufgegeben.
Hallo? sagt die Frau. Ach, du bist es. Ja. Ist vorhin angekommen. Furchtbar.
Dann flüstert sie in die Telefonmuschel. Ein Auto kracht gegen die Leitplanken, geht in Flammen auf. Der Fahrer kann sich retten. Ist nicht verletzt. Er hat Glück gehabt, sagt der Reporter.
Blödsinn, sagt einer. Ich gehe nach oben.
Kommt ins Zimmer. Sagt nichts. Bewegt sich nicht. Unten läuft der Fernseher. Eine Frauenstimme sagt, vereinzelt

Niederschläge. Kein Schnee, 0 Grad Grenze über tausend Meter. Feuchtwarme Luft vom Atlantik. Am Wochenende steigen die Temperaturen, danach nähert sich die nächste Kaltfront, wie Sie auf dem Satellitenbild sehen. Der Körper kann nicht sehen, hält die Augen geschlossen. Der Körper sitzt in einem Haus. Draußen vor dem Haus steht die Birke.

He, es fängt an, es fängt an, ruft die Frau von unten. Nick, komm doch, du verpaßt den Anfang!
Psst, sagt einer, sei leise. Sie schläft. Ich komme gleich.
Mach das Licht aus und die Tür zu, ruft ein anderer aus dem Wohnzimmer.
Eine Hand berührt eine Hand, zieht sich zurück. Die Tür schließt sich lautlos. Der Körper bleibt allein im Dunkel. Ist eingesperrt. Ein Stock tiefer reitet Bonanza zwischen den Polstermöbeln im Wohnzimmer. Nein, nicht Bonanza. Bonanza war früher. Miami Vice ist das. Oder Raumschiff Enterprise. Oder Alf. Nicht Alf. Alf kommt am Nachmittag, für die Kinder. Oder Marienhof. Aber Marienhof mögen sie nicht, sie mögen es nur, wenn es laut ist. Wenn es Tote gibt. Wenn es Blut gibt. Viel Blut. Böse und Gute. Gute und Böse. Und Blut.
Das Maschinengewehr schießt nach oben durch die Wohnzimmerdecke. Es kribbelt in den Füßen. Menschen laufen weg. Stürzen. Sterben. Viele Leichen. Kein Leben mehr. Zu müde.

Ich hebe sie von dieser Seite, sagt einer, nimm du sie von der anderen.
Hände, Finger, die sich ins Fleisch graben. Scharfe Nägel. Tut weh.
Es rutscht mir weg, sagt ein anderer.
Wie hat's noch mal die Schwester gemacht, sagt die Frau, du mußt unter die Schulter greifen, Hans, so geht es besser. Wartet, ich helfe euch.
Eins, zwei, drei, hoch, sagt einer. Jetzt.
Der Körper wird gehoben. Wehrt sich nicht. Der Kopf kippt zur Seite. Zu schwer. Ein Stoß gegen das Bettgestell. Das Bein.
Paßt doch auf, sagt die Frau.
Sie spürt doch nichts, sagt ein anderer.
Woher willst du das wissen? fragt einer. Du steckst nicht in ihrer Haut.
Fangt nicht zu streiten an, sagt die Frau. Wir müssen einen Rollstuhl besorgen, dann wird es einfacher.
Zahlt das die Krankenkasse? fragt ein anderer.
Ich werde anrufen, sagt die Frau. Morgen rufe ich an. So, jetzt haben wir's.
Bettücher, kühl. Weich. Eine Hand legt sich auf die Stirn. Bleibt. Eine andere zieht die Decke hoch. Zwei Ringe an den Fingern. Die Knöchel geschwollen. Licht aus, Tür zu. Gute Nacht, singen sie mehrstimmig im Flur. Schlaf gut, du auch, du auch, gute Nacht, gute Nacht.
Sie küssen nicht. Eine Tür schließt sich. Ein Rolladen fällt. Wasser fließt. Einer gurgelt, spuckt in das Waschbecken. Der Junge. Nick. Reißt Klopapier ab. Zieht an der Kette

der Toilettenspülung. Das Wasser rauscht. Stürzt hinab, in die Kanalisation. Tiefer. Tiefer. Bis zum Fluß. Bis zum Meer. Der Strand. Sand zwischen den Zehen. Muscheln suchen. Eine Glasscherbe im Fuß. Blut. Nicht viel, nur ein wenig. Muß desinfiziert werden. Eine Tetanusspritze. Ein Verband. Hinken, nicht mehr barfuß im Sand laufen. Baden verboten. Die Sonne brennt. Einen Einsiedlerkrebs gefangen. Ins Meer geworfen. Ist ertrunken. Ist tot. Konnte nicht schwimmen.

Ihre Lippen bewegen sich, sagt der eine. Sie versucht zu sprechen.
Nein, sagt der andere. Das ist unmöglich. Schieb's doch höher.
Sie, sagt der eine. Nicht es.
Was? fragt der andere.
Sie. Du hast eben es gesagt, antwortet der eine.
Habe ich nicht, sagt der andere, komm jetzt, wir müssen sie noch aufrichten. Ja, ja. So ist es besser. Beeil dich, Nick, du kommst schon wieder zu spät in die Schule.
Ist mir doch egal, sagt der eine.
Sie streiten auf dem Treppenabsatz. Nichts besonderes. Das Übliche, aus Gewohnheit. Müde. Der andere knallt die Badezimmertür.
Der eine steht wieder im Zimmer. Stellt sich vor die Augen. Will gesehen werden.
Nimm's nicht so schwer, sagt er. Du darfst den ganzen Tag die Birke anschauen, du hast es gut. Ich muß in diese blöde Schule.

Hand auf Schulter. Augen kommen näher. Braune Augen. Entfernen sich.
Ich geh jetzt. Wenn ich wiederkomme, erzähle ich dir, wie es war. OK?
Bleibt stehen. Wartet, den Mund halb offen.
Nick, was tust du noch hier? Du solltest längst weg sein, du wirst noch einen Verweis bekommen, ruft die Frau vom Flur aus.
Ist mir egal, sagt der eine.
Lächelt. Geht, ohne Eile.
Auf dem Rückweg mußt du einkaufen. Die Liste und das Geld liegen auf dem Küchentisch. Ich traue mich nicht, sie allein zu lassen.
Merkt sowieso nicht, ob du da bist oder nicht, sagt der andere im Rauschen der Toilettenspülung. Du kannst ruhig eine Runde spazierengehen, Helga, wenn es dir danach ist. Also, tschüs, ich muß ins Büro.
Schritte auf der Treppe. Leichte und schwere. Die fünfte Stufe knirscht.
Dein Kaffee ist im Wohnzimmer, Hans, ruft die Frau hinterher.
Keine Zeit, antwortet der andere, Hans, von unten. Übrigens, ich komme heute spät nach Hause. Ich habe noch einen Termin um halb sechs. Wartet nicht auf mich mit dem Essen. Und Helga, vergiß bitte nicht, die Krankenkasse anzurufen, wegen dem Rollstuhl.
Die Haustür knallt zu.

Die Frau schiebt einen Löffel in den Mund. Die Frau heißt Helga. Sie muß die Krankenkasse anrufen. Draußen quietscht die Garagentür. Muß geölt werden, sagt der Mann, er heißt Hans und muß ins Büro. Weiches Zeug liegt auf der Zunge. Kein Hunger. Ein Motor wird angelassen, ein Wagen fährt ab. Das Zeug quillt zwischen den Lippen heraus. Rinnt auf der Haut, kitzelt am Kinn.
Nein, sagt die Frau. So nicht. Essen. Bitte.
Der Löffel kratzt das Zeug vom Kinn aufwärts, schabt die Mundwinkel sauber. Klimpert gegen die Zähne. Die Frau drückt die Zähne auseinander, stopft den Löffel hinein, zieht ihn heraus. Das Zeug bleibt im Mund, breitet sich aus. Kein Platz.
Schlucken, befiehlt die Frau. Schlucken.
Das Zeug verstopft den Mund. Keine Luft mehr. Keine Luft. Ersticken. Würgen. Luft.
Wie soll's weitergehen, sagt die Frau, stellt den Teller ab, zieht ein Taschentuch aus der Tasche.
Was machst du für eine Sauerei, sagt sie, mein Gott, wie soll's weitergehen?
Sie putzt sich die Nase. Weint. Steht auf, geht zum Fenster. Hält sich mit beiden Händen am Holzrahmen, läßt den Kopf gegen die Scheibe sinken.
Dahinter steht die Birke.

Es klingelt an der Tür. Keine Klingel, ein Gong. Zwei Töne. Hallen nach. Die Frau schneuzt sich, geht hinunter. Öffnet die Haustür, sagt guten Morgen und danke, schließt die Tür. Kehrt zurück. Weint nicht mehr. Stopft

Zeug in den Mund, zu schnell, zu viel. Holt einen Waschlappen, wischt das Gesicht sauber. Zieht die Decke hoch, öffnet die Balkontür. Sieht hinaus.
Die Birke ist kahl. Hat keine Blätter. Ist nicht grün, nur weiß und schwarz. Ist Winter. Keine Blumen. Kein Vogel. Kein blauer Himmel. Nur grau.
Die Frau stöhnt. Schließt die Balkontür. Zieht die Gardine zu. Sieht auf ihre Hände.
Ich halte es nicht aus, sagt sie, schlaf jetzt.
Ihre Schritte auf der Treppe. Die fünfte Stufe knirscht. Unten das Radio. Abba, Duke Ellington, Mozart. Mozart bleibt. Geigen, zu leise. Die Augen sehen nur eine weiße Gardine. Keine Birke mehr.

Fremde Stimme im Treppenhaus. Spricht hoch, redet viel. Kommt näher. Sagt, machen Sie sich keine Sorgen, ich kenne solche Fälle. Man muß vor allem auf zwei Sachen achten, erstens, daß sie sich nicht wund liegen, und zweitens, daß die Verdauung funktioniert. Weil sie sich nicht bewegen, haben sie keine Verdauung. Verstehen Sie? Man muß nachhelfen. Zeig ich Ihnen. Machen Sie sich keine Sorgen. Und passen Sie immer schön auf sich auf. Daß Sie mir bei Kräften bleiben. Daß Sie sich nicht das Kreuz kaputt heben. Ich zeige Ihnen, wie man sie bewegt, ohne daß man's spürt. Die richtigen Handgriffe lernen Sie schnell.
Die fremde Stimme ist im Zimmer, gehört einer Frau, nicht alt. Trägt einen weißen Kittel. Krankenschwester. Keine Ärztin. Riecht süßlich. Hinter ihr steht die Frau. Unsicher.

Das ist Simone, sagt sie.
So. Welch ein Jammer in dem Alter, sagt die Krankenschwester, berührt eine Hand.
Ja, sagt die Frau, seufzt.
Ein hübsches Gesicht hat sie, sagt die Krankenschwester, beugt sich hinunter. Die Haare sollten wir lieber schneiden, sehen Sie, sie sind schon verfilzt. Da spart man sich das Kämmen. Und das macht das Waschen einfacher. Wenn Sie mir eine Schere geben ...
Sie hat keine kurzen Haare gemocht, sagt dic Frau. Sie ist nie zum Friseur gegangen. Sie hat ihre Haare selber gewaschen und nur die Spitzen hin und wieder ein wenig gekürzt, damit sie keinen Spliß bekommen.
Das ist doch jetzt egal, sagt die Krankenschwester, was zählt, ist, daß wir uns Arbeit ersparen. Sie kriegt nichts mit. Glauben Sie mir. Ich habe genug solche Fälle gesehen.

Eine Hand berührt den Kopf, Finger fahren durch die Haare, bleiben in Knoten hängen, ziehen, kommen nicht durch.
Das muß noch weg, sagt die Krankenschwester.
Die Schere blitzt vor den Augen. Das Metall berührt den Hals, ist kalt. Nah beim Ohr. Die Schere beißt eine Strähne ab. Tut nicht weh. Frißt die Haare. Zieht. Tut nicht weh. Haare regnen vor dem Gesicht, die Hände der Krankenschwester halten sie direkt vor den Augen. Die Häutchen um ihre Nägel sind abgekaut. Rot, wund. Haare fallen in den Schoß. Die Scherenspitze an der Schläfe. Juckt im Nacken.

Ich hole einen Besen, sagt die Frau.
Die Krankenschwester beugt sich vor. Ihre Augen, ganz groß, ein roter Fleck, rechts, neben der Iris. Geplatzte Äderchen, ein Labyrinth. Ihre Lippen krümmen sich, zeigen Zähne. Weiß. Soll ein Lächeln sein. Will freundlich sein. Ihre Hand klopft eine Hand ab.
So ist es gut. Na ja, es könnte noch kürzer sein. Du hattest eine Menge Haare. Du wirst sehen, du wirst dich besser fühlen. Leichter. Nun, wie finden Sie's? Sieht sie nicht viel besser aus?
Ja, sagt die Frau. Ich weiß nicht. Aber praktisch ist es schon.
Ein Berg Haare auf der Kehrschaufel. Dunkelbraune Haare, abgeschnitten. Die Frau bückt sich, hebt die Schaufel vom Boden. Leert sie in einen Eimer. Weg. Unten klingelt das Telefon.
Ich gehe schnell hin, sagt die Frau.
Lassen Sie sich Zeit, sagt die Krankenschwester. Ich lüfte ein wenig. Es muffelt hier.
Sie reißt die Gardine zur Seite, reißt die Balkontür auf. Geht einen Schritt auf den Balkon. Summt.
Draußen steht die Birke, kahl. Nackt.

Ein Waschlappen fährt unter die Achseln. Tropfen fallen auf den Bauch. Lauwarm. Auf die Oberschenkel. Wird gehoben. Die Beine auseinandergedrückt. Der Waschlappen zwischen den Beinen. Reibt vor und zurück. Reibt und reibt. Die Schamhaare knistern. Wird abgesetzt. Nackt.

Die Nägel brauchen wir heute nicht zu schneiden, sagt die Krankenschwester, sie sind kurz genug. Aber sagen Sie, diese Narben an den Armen, wie ist das geschehen?
Ach, antwortet die Frau, das sind Verbrennungen. Als sie einen Kuchen aus dem Backofen holen wollte, ist das passiert.
Oh, sagt die Krankenschwester, das habe ich mir fast schon gedacht. Wissen Sie, Unfälle im Haushalt sind schlimm. Viele Hausfrauen schneiden sich den halben Finger mit der Küchenmaschine ab oder sie fallen von der Leiter und brechen sich das Bein. Und dann gibt es Scherereien mit der Versicherung. Haben Sie ein frisches Nachthemd?
Ich dachte, sagt die Frau, wir ziehen sie an …
Sie zeigt Kleider, dunklen Rock, plissiert, blaue Bluse, gebügelt, weiße Unterhose, Baumwolle.
Ach was, sagt die Schwester, das ist zu umständlich. Ein Nachthemd, Decke drüber, das reicht. Es sei denn, Sie möchten mit ihr spazierengehen?
Oh, nein, sagt die Frau, das nicht. Ich hole ein Nachthemd.
Angezogen, etwas Weiches aus Flanell mit Blümchen, blau. Ein blaues Band um die Handgelenke. Ein blaues Band um den Hals. Zu eng.
Wie hübsch und sauber wir jetzt sind, sagt die Krankenschwester, legt die karierte Wolldecke auf die Beine, beugt sich vor, zwickt die Wange. So, wir sind fertig für heute. Hübsches Nachthemd.
Das gehört mir, sagt die Frau, in ihren Sachen hat es gar keine Nachtwäsche gegeben.

Manche schlafen gern nackt, sagt die Krankenschwester. Jedem das seine. Sie, Sie haben Glück, daß sie so ruhig ist. Manche schreien die ganze Zeit, weil sie Angst haben. Wenn das mal anfängt!
Also, sagt die Frau, ob man von Glück sprechen kann, mit so jemandem im Hause ...
Pssssst, nicht weinen, sagt die Krankenschwester. Das könnte doch viel schlimmer sein. Und vielleicht wird's noch mal gut. Schließlich hat sie nichts Organisches.

Untersuchungen. Schläuche. Kaltes Metall an Bauch, an Brust, auf eine Bahre geschoben, gerollt, geschoben, grelle Glühbirnen sprießen in Reihen aus weißen Decken. Die Luft riecht nach Ölfarbe. Ist zu warm. Stickig. Ein Körper wird rauf und runter in Aufzügen gefahren, liegt nackt unter einer Decke. Ist festgeschnallt auf Stühlen, auf Betten, an Dingen. Ein Ring um den Kopf, enger, enger, und bip bip bip, Eisenvogel bipt. Gestochen, rechts, links, umgedreht, geklopft. Zurückgelegt.
Sie hat nichts, haben sie gesagt.

Möchten Sie vielleicht einen Kaffee? fragt die Frau unten. Heute nicht, danke. Ich muß noch mehrere Hausbesuche machen. Ein anderes Mal gerne. Auf Wiedersehen, bis morgen dann.
Das Zimmer riecht nach der Krankenschwester und nach Seife. Zu süß, zuviel. Hat keinen Eigengeruch. Die Haustür ist offen, kalte Luft kommt nach oben, legt sich um die Füße, kriecht die Beine hoch. Die Luft riecht nach Tabak.

Die Frau raucht auf der Türschwelle. Blonder Tabak. Amerikanisch. Marlboro. Riecht gut. Früher hat die Frau nicht geraucht. Noch früher schon. Zuviel. Hat sich das mühsam abgewöhnt. Hat wieder angefangen. Raucht nur, wenn niemand da ist, schnell. Sie schließt die Haustür, geht in die Küche. Läßt Wasser laufen. Spült. Bleibt unten.

Das Zimmer ist still. Der Körper ruht. Die Ohren wachsen nach außen. Große, runde Parabolschüsseln auf beiden Seiten des Kopfes. Sie horchen das Haus nach Geräuschen ab. Suchen nach Lebenszeichen. Das Holz knirscht nicht. Keine Maus im Dachgebälk. Kein Insekt. Nur der Körper lebt. Wartet. Der Körper ist ein Radargerät, auf Empfang geschaltet. Nichts geschieht.
In der Küche schleift eine Schublade. Die oberste mit dem Besteck. Silberrasseln, glockenhell. Die Schublade schleift vor und zurück. Klemmt nicht. Die zweite, die dritte. Die vierte klemmt. Papiere, Kochrezepte, Korken, brauchbare unbrauchbare Gegenstände. Die Frau seufzt. Sagt etwas. Zu leise. Schiebt die Schublade zu. Das Telefon läutet.
Ja? sagt die Frau.
Draußen auf der Straße eine Fahrradklingel. Der eine, Nick, kommt aus der Schule zurück.
Nein, sagt die Frau, er ist noch nicht da. Versuch es später. Legt auf. Geht in die Küche.
Der eine, Nick, öffnet die Haustür. Läßt etwas fallen, knallt die Haustür zu. Ruft hallo.
Hallo, Oma, sagt er, hier sind deine Einkäufe, hat jemand für mich angerufen? Ein Mädchen?

Nein, sagt die Frau. Niemand.

Sie lügt.

Danke schön, sagt sie, und das Restgeld?

Münzen klimpern. Schritte auf der Treppe. Schritte im Zimmer. Der eine, Nick, ist da. Dünn. Außer Atem.

Hallo, sagt er, wie geht es dir?

Er öffnet den Mund, reißt die Augen auf, beugt sich nach unten.

Scheiße! Was haben sie mit dir gemacht?

Er hebt die Hand, berührt die Haare. Zieht die Hand zurück. Nimmt den Kopf in die Hände, dreht ihn vorsichtig zur Seite, zurück nach vorne, zur anderen Seite. Sieht in die Augen. Seine Augen glänzen. Nicht weinen. Gibt sich Mühe. Richtet sich auf, dreht sich zum Fenster um, zieht die Gardine zur Seite.

Die Birke steht da. Kahl.

Du sollst nicht den ganzen Tag auf dieses weiße Zeug starren, sagt er. Wenn man schon einen Garten hat. Wenn das Haus mir gehören würde, würde ich alle Gardinen abhängen und in den Müll werfen. Verbrennen. Ich hasse Gardinen. Kann doch keiner reinschauen. Eine Amsel, vielleicht. He, Mama, das wäre nicht schlecht, eine Amsel, die dich besucht und dir was vorsingt, nicht wahr?

Er dreht sich um, lächelt. Nicht richtig. Blickt weg. Seine Wimpern sind feucht. Er zündet eine Zigarette an. Schwarzer Tabak. Riecht gut. Zieht einen Stuhl näher, setzt sich verkehrt herum, die Beine breit auseinander. Trägt Jeans. Stützt sich auf die Lehne.

Das ist eine Sauerei mit deinen Haaren. Du siehst unmög-

lich aus. Echt wahr. Aber hör zu. Mach dir nichts daraus. Sei nicht traurig. Sie wachsen nach.
Er bläst den Rauch durch die Nasenlöcher nach unten. Zieht an der Zigarette, läßt kleine Rauchwolken aus dem Mund heraus. Keine Ringe. Traurig.
War Scheiße in der Schule, sagt er. Öde. Wie immer. Ein echter Sumpf, sag ich dir. Sobald du da bist, fallen dir die Augen zu vor lauter Langeweile. Noch zwei Jahre muß ich absitzen. Nein, zwei Jahre und vier Monate. Kaum auszuhalten.
Du kannst doch hier nicht rauchen, sagt die Frau von der Türschwelle aus.
Ach, das stört sie gar nicht, antwortet er. Das hat sie gern, früher hat sie selber geraucht wie ein Schlot.
Ja, früher. Das Essen ist fertig. Komm.
Gleich.
Wie findest du die Haare? fragt die Frau.
Warum hast du sie abgeschnitten? fragt er.
Das ist bequemer so. Sie waren schon ganz verfilzt.
Man hätte sie doch kämmen können, sagt er, das sieht unmöglich aus.
Wirklich? fragt die Frau. Die Krankenschwester hat es gemacht, ich finde es nicht so schlecht.
Du hättest fragen können, sagt er.
Wen denn? Dich vielleicht? fragt die Frau.
Ihre Stimme klingt gereizt.
Genau, antwortet er.
Es war niemand da, sagt die Frau. Hör auf zu rauchen. Und komm.

Die Frau geht. Die fünfte Stufe knirscht.
Möchtest du ziehen? fragt der eine.
Der Rauch wölbt sich in der Luft, bildet Zeichen. Wirre Zeichen. Staut sich unter der Zimmerdecke. Riecht gut.
Antworte doch. Magst du ziehen?
Nicki, ruft die Frau von unten, komm endlich, das Essen wird kalt.
Schon gut, ruft er zurück und steht auf.
Ich gehe essen, sagt er, aber ich bin bald wieder da, und dann rauchen wir eine zusammen, OK?
Unten streitet er mit der Frau über abgeschnittene Haare. Schreit. Entschuldigt sich. Spricht von Menschenrechten. Schreit wieder.

Die Frau stopft den Löffel in den Mund. Nudeln. Kein Salz. Würgen. Nudeln fallen auf die karierte Decke.
Komm, laß mich das machen, sagt der eine, Nick. Gib mir den Teller.
Schaufelt Nudeln auf den Löffel, legt den Löffel auf den Teller, stellt den Teller ab.
Ich hol Ketchup, sagt er. Wegen der Farbe.
Zwei Spiralnudeln, rot glasiert. Auf der Zunge süß und salzig. Bleiben am Gaumen kleben. Schieben sich nach vorne, zwischen die Lippen, gleiten am Kinn hinab.
Schau, sagt er, ich mach es dir vor.
Er kaut. Ahmt Kaubewegungen nach. Übertrieben. Schluckt.
So, sagt er.
Streicht seinen Hals. Glatt. Kein Bart auf dem Hals. Nur

unter der Nase und ganz wenig auf den Wangen. Flaum. Jung. Dünn. Mädchenhaft. Nicht Mann. Kein Kind mehr. Zwei Nudeln winden sich auf dem Löffel. Im Mund. Drücken mit der Zunge. Das Wasser aus den Nudeln einziehen. Süßlich. Nicht gut. Nach hinten schieben. Die Zunge, ein Schneeräumer, schiebt, drückt die Nudeln bis zum Abgrund. Zwei Spiralnudeln stocken am Rand, fallen ein Stück ab, halten in der Kehle an, gleiten nach unten, in die Speiseröhre. Mehr Nudeln.

So ein blöder Babyfraß, sagt er, schiebt den Löffel zwischen die Lippen. Aber du bist selber schuld. Du hast doch Zähne, warum kaust du nicht?

Stellt den Teller ab, nähert sich. Bewegt den Kiefer.

Kauen, sagt er, kauen.

Tut so, als würde er kauen. Seine Zähne klappern gegeneinander.

Erinnerst du dich? fragt er, nimmt die Hände und drückt sie. Erinnerst du dich? Wie wir früher Raubtier gespielt haben, erinnerst du dich? Du mußt dich erinnern. Ihr wart so albern, Papa und du, ihr seid auf allen Vieren gelaufen, du hast wie ein Wolf geheult, eh, erinnerst du dich?

Sein Gesicht kommt noch näher, seine Augen glänzen, sein Mund lacht.

Damals war's mir peinlich, sagt er, weißt du noch, wie du gerufen hast: Ich will Blut? Und weißt du noch, das letzte Mal beim Zelten, als es ununterbrochen regnete und wir ein Feuer unter einem Regenschirm gemacht haben?

Sein Gesicht entfernt sich. Er läßt die Hände los, wischt die Augen mit dem Handrücken, sieht weg.

Das Holz war feucht, sagt er, es brannte schlecht. Es brannte mir in den Augen. Dein Gesicht war schwarz vor Ruß, weil du Steaks gebraten hast, und die sind immer ins Feuer gefallen, weißt du's noch? Die waren entweder total verkohlt oder blutig, aber wir haben sie trotzdem gegessen, weißt du's noch? Ach, Mama, wenn ich daran denke, habe ich diesen Geschmack gleich wieder im Mund! Eh, wach auf, laß uns wieder zusammen grillen gehen, ja?
Er schüttelt die Hände. Schüttelt die Arme. Der Oberkörper wackelt. Der Kopf baumelt nach links, nach rechts. Eine Nudel fällt aus dem Mundwinkel, kugelt über die karierte Decke, bleibt in der Wolle hängen, fällt weiter, verschwindet.
Hör zu, Mama, sagt er, wenn du so bleibst, bekommst du lebenslänglich Nudeln mit Ketchup. Oder Kartoffelbrei. Bis du eine zahnlose alte Frau bist. Willst du das? So?
Er läßt die Hände los, setzt sich zurück, schielt. Sein Kinn hängt, seine Zunge steckt zwischen den Lippen. Eine breite tote Zunge. Er würgt, hält sich den Hals, rollt die Augen. Setzt sich aufrecht und lächelt.
Das willst du doch nicht, das weiß ich. Was du willst, ist ein Stück Lammbraten, sagt er. Dein Lieblingsessen. Zart, aber nicht labberig. Mundgerecht geschnitten.
Er pickt mit den Fingern ein unsichtbares Stück Fleisch auf, führt es zum Mund, beißt, kaut und schließt die Augen, während seine Kiefer mahlen, den blutigen Saft aus dem Fleisch pressen. Er schluckt, kaut noch, schluckt. Lächelt.
Das wäre doch was, ein Lammbraten. Mit gebratenen

Zwiebeln. Und Soße. Warum sie nur noch diese Pampe kocht, weiß ich nicht. Für uns gibt es immerhin Würstchen.

Nimmt zwei Spiralnudeln auf den Löffel auf, schiebt sie in den Mund.

Kleben am Gaumen, rutschen nach vorne. Die Zunge drückt sie zurück. Pressen, schieben, nach hinten und hinunter in die Speiseröhre.

Siehst du, sagt er. Erst lernst du wieder schlucken, dann kauen. Und dann gibt es Fleisch. Wenn du nur sagen würdest, was dir schmeckt. Das wäre einfacher. Und jetzt noch ein Löffel.

Viele Nudeln auf der Zunge. Nicht würgen. Schlucken. Die Nudeln stauen sich in der Kehle. Keine Luft. Eine Hand auf dem Hals. Streicht die Nahrung nach unten.

Eh, sagt er und lacht, ich komme mir vor, als würde ich eine Gans mästen. Findest du das nicht komisch?

Seine Fingerkuppen berühren den Hals, streicheln ihn.

Wie weich deine Haut ist, sagt er, das hätte ich nicht gedacht, daß sie so weich ist, und warm.

Sein Gesicht ist rot, seine Augen werden feucht. Er stopft die restlichen Nudeln in seinen Mund, schluckt sie, ohne zu kauen. Senkt den Kopf, sieht seine Füße an. Zieht Zigaretten aus der Tasche und zündet eine an. Raucht. Sagt nichts. Schritte auf der Treppe. Im Zimmer.

Du rauchst schon wieder, sagt die Frau. Hat sie alles aufgegessen?

Klar doch, alles, antwortet er. War gar nicht so schwer. Bist du sicher, daß niemand für mich angerufen hat?

Nein, sagt die Frau. Es hat keiner angerufen.
Lügt. Lügen beide. Die Nudeln herauswürgen. Geht nicht. Sprechen. Den Mund öffnen. Worte formen. Geht nicht.
Das Telefon klingelt. Er springt auf, sagt, es ist für mich, springt die Treppe hinunter.
Hallo? sagt er.
Zwei Silben, fröhlich. Pause.
Ja, sie ist da. Ein Augenblick bitte.
Seine Stimme stürzt ab, klingt enttäuscht.
Er kommt die Treppe hoch, langsam.
Für dich, Oma, sagt er. Die Versicherung.
Er setzt sich. Beugt sich nach vorne.
Weißt du, flüstert er, es gibt so ein Mädchen. Na ja, und ... ich habe sie gern. Sie heißt Tatjana. Dir würde sie auch gefallen. Sie kommt aus Rußland. Sie spricht nicht viel deutsch, aber es reicht. Ich habe ihr meine Telefonnummer gegeben, verstehst du?
Im Kopf bilden sich Worte. Sollen raus. Der Mund soll ja sagen. Geht nicht. Soll sagen: Jemand hat angerufen. Geht nicht. Soll sagen: Mädchen. Mädchen. Das Wort bleibt hinter der Stirn hängen. Kitzelt an der Nasenwurzel. Kommt nicht weiter. Nur Buchstaben. M steckt hinter den Zähnen. Die Lippen nach vorne schieben. Ein M formen. Den Mund öffnen, Luft hinauslassen, Ä sagen. Geht nicht.
He, sagt er. Du summst. Du machst Töne. Willst du mir etwas sagen? Oder magst du singen? He, das finde ich spitze, daß du Töne machst! Ich hab's doch gewußt, daß du sprechen willst. Komm, mach nur weiter! Lauter!

Er nimmt die Hände, die auf der karierten Decke liegen, hält sie fest. Drückt sie, bewegt sie zur Seite hin und her. Sing mit mir, sagt er. Mmm ... mmmm ... mmmm ... Doubidouba, dabada, doubidouda, bababa ba. Jetzt du. Der Kopf wackelt. Ein Wort fällt auf die Zunge. Bleibt auf der Zunge liegen. Kann nicht raus.

Ja, ja, sagt die Frau unten im Flur, ich verstehe, ja, ja ja, gut, auf Wiederhören und danke noch.
Sie steigt die Treppe hoch. Die fünfte Stufe knirscht.
Zeig's ihr, sagt er, komm, lauter, mmmm mamama maaaa. Dabadada doubi douba.
Seine Hände sind warm. Sie schaukeln die Arme hin und her. Es zieht in den Schultern. Der Kopf wackelt.
Laß den Blödsinn, Nick, sagt die Frau. Laß sie in Ruhe. Das ist doch kein Spielzeug.
Das ist meine Mutter, sagt er. Laß du mich in Ruhe.

Worte stauen sich im Mund. Die Lippen strengen sich an. Zittern. Geben auf. Zu viele Worte. Birke. Mädchen. Nick. Mutter. Zu schwer.

Der eine heißt Nick, er sitzt auf dem Boden vor der Balkontür, macht seine Hausaufgaben, das Heft auf den Knien. Hat es immer schon so gemacht. Schrift unleserlich, stand früher in fast jedem Heft, bitte von den Eltern unterschreiben lassen. War ihm egal. Hat ganze Hefte abschreiben müssen, weil sie schmutzig waren, voller Tintenflecke, manche Seiten radiert, bis ein Loch darin war.

Hat einmal eine Sechs für eine Schulaufgabe bekommen, weil die Lehrerin sich weigerte, sie zu lesen. War ihm egal. Deine Schrift sieht aus wie Fliegenscheiße, hat ein Mann zu ihm gesagt. So findest du nie einen Job. Ist mir egal, hat er geantwortet. Ich will nicht arbeiten. Ich werde erben und das Geld verprassen. Meins nicht, hat der Mann gesagt, lieber sterbe ich. Eben, hat der Junge geantwortet, wenn du stirbst, kriege ich deine Kohle, weil ich dein Sohn bin. Dann hat er laut gelacht.

Er sitzt vor der Balkontür, den Kopf nach unten gebeugt. Hinter ihm steht die Birke. Der Körper spannt sich an. Will Birke sagen. Der Atem stockt. Die Lippen zittern. Pressen die Luft hinaus. Nur ein Zischen.
Er hebt den Kopf.
Hast du etwas gesagt? fragt er. Nein? Ich dachte ... Ich bin gleich fertig. Und dann rede ich mit dir. Ich muß dir was sagen.
Unten klingelt das Telefon. Nicht für ihn. Er schreibt. Die Haare fallen ihm ins Gesicht. Es wird dunkel. Er schreibt sich die Augen wund. Er wird eine Brille brauchen. Ist ihm egal.
Soll ich dir meinen Aufsatz vorlesen? fragt er. Der ist sturz langweilig, ich warne dich.
Er liest. Viele Worte. Lange Sätze mit Konjunktionen für Nebensätze. Grammatikalisch korrekt. Er atmet bei den Satzzeichen, achtet auf die Pausen zwischen den Absätzen.
Ich brauche eine Zwei, sagt er, es müßte schon klappen.

Er steckt das Heft in die Schultasche, steht auf, gähnt, streckt sich. Hebt die Schultasche, wirft sie durch den Raum. Geht auf und ab.
Glaube nicht, daß ich zum Streber werde, sagt er, aber der Alte streßt. Entweder ich kriege bessere Noten oder ich gehe von der Schule. Er spricht von Banklehre. Ein Beruf mit Zukunft. Siehst du mich hinter dem Schalter, die Tausender zählen? Die Kunden beraten? Wieviel möchten Sie denn anlegen, gnädige Frau? Hunderttausend? Kein Problem, die Börse ist freundlich, die Waffenindustrie boomt, wie wäre es mit ein paar Kanonen? Doch, doch, der Bedarf steigt ständig, es lohnt sich. Die Zukunft liegt in der Entsorgung, mit ein paar Bomben ist es schnell erledigt. Ich empfehle Ihnen eine gesunde Mischung, Immobilien und Kanonen, ein echter Knüller, das schwöre ich Ihnen. Investieren Sie. Oh, ich hätte noch ein Sonderangebot, ein kleines Aktienpaket mit chemischen Waffen und Plutonium, fast geschenkt. Wie wäre es damit? Das ist doch alles zum Kotzen hier!
Nicki, ruft die Frau von unten, kannst du bitte noch schnell zwei Liter Milch einkaufen gehen, bevor der Laden schließt?
Ja, klar, gern, antwortet er. Bis gleich.

Die Haustür knallt zu. Die Frau kommt ins Zimmer, schaltet das Licht ein, zieht die Decke hoch, steckt die Ecken im Rücken fest, öffnet die Balkontür.
Kalte Luft schleift am Boden, schleicht unter die Decke, berührt einen Streifen nackter Haut. Klettert zwischen

den Beinen hoch. Winter. Die Birke hat keine Blätter. Ihre Äste glänzen naß. Kein Regen. Feuchter Nebel. Tropfen hängen an dünnen Zweigen.
Was stierst du denn so nach draußen? fragt die Frau. Mach den Mund zu, da ist doch nichts zu sehen.
Sie schließt die Balkontür, zieht die Gardine zu, geht durchs Zimmer.
Gleich gibt es Abendbrot, sagt sie, ich mache uns Pfannkuchen. Apfelpfannkuchen. Die hast du früher immer gern gegessen.
Geht die Treppe hinunter, geht in die Küche. Öffnet eine Schublade, schüttelt eine Streichholzschachtel, redet halblaut vor sich hin, weil viele abgebrannte Streichhölzer in der Schachtel sind. Sagt, das ist eine dumme Angewohnheit, sagt, daß sie es nicht verstehe. Sagt, Simone hat immer die Streichhölzer in die Schachtel zurückgesteckt, die abgebrannten und die kaputten auch. Seufzt. Öffnet den Kühlschrank. Öffnet den oberen Küchenschrank. Schiebt einen Stuhl über die Fliesen. Murmelt vor sich hin, daß sie nicht groß genug sei. Schimpft, daß alles im Haus zu hoch für sie ist. Daß sie nicht gern auf den Stuhl steigt. Daß sie einen stabilen Küchenhocker mit Leiter braucht. Daß sie Hans sagen wird, daß er einen kaufen soll.

Hier ist die Milch, Oma, ruft Nick. He, ich wußte nicht, daß du rauchst. Ich habe dich noch nie mit einer Zigarette gesehen.
Ah, du bist schon zurück, sagt die Frau. Ich rauche

eigentlich nicht. Nur manchmal, zur Entspannung, seit es passiert ist. Seit sie in diesem Zustand ist. Das halte ich nicht aus.
Wenn es dir zuviel ist, fragt er leise, warum hast du sie nach Hause geholt?
Sie klappert mit dem Geschirr. Stellt laut eine Schüssel auf dem Küchentisch ab. Porzellan. Das Wasser läuft. Wäscht sich die Hände.
Es gab nur noch fettarme Milch, sagt Nick. Geht es auch für die Pfannkuchen?

Sie schüttet Mehl in ein Sieb, das Mehl regnet in die Schüssel, wird zu einem Berg. Sie gräbt ein Loch in die Mitte des Berges. Ein Vulkankrater entsteht. Sie schlägt ein Ei nach dem anderen an dem Rand der Schüssel auf, läßt sie in den Schlund des Vulkans hinabgleiten, rührt sie mit dem Schneebesen hinein. Der Krater weitet sich, die Eier fressen die Berghänge weg, das Mehl stürzt in Lawinen ab. Die Frau fügt ein dünnes Rinnsal Milch hinzu, quirlt, immer mehr Milch, immer schneller. In der Schüssel bleibt kühl schäumende Lava übrig. Weißlich, gelblich. Eine Prise Salz, eine Prise Backpulver. Ruhenlassen. Die Pfanne buttern, langsam anwärmen, erklärt die Frau einem Mädchen. Nicht zuviel, nicht zu wenig, das Geheimnis liegt in der richtigen Temperatur, das kann man nicht beschreiben, man muß ein Gefühl dafür entwickeln. Das ist Magie, sagt das Mädchen. Ich habe noch nie einen Pfannkuchen anbrennen lassen, sagt die Frau. Ist stolz.

Omelett zum Abendbrot, mit Apfelstücken und Zimt und Zucker. Babyfraß, Kinderessen. Morgen gibt es Grießbrei, wenn du brav bist, mit Aprikosenkompott. Oder Milchreis. Oder Bananenmus. Oder Haferflockensuppe, das ist gut gegen Bauchweh. Süßer, salziger Porridge. Krankenkost. Zwieback mit Butter und Honig. Krümel überall im Bett, kratzen im Rücken. Klebrige Bettücher.

Was gibt es zu essen? fragt der andere, Pfannkuchen, als Nachtisch schon, aber doch nicht als Hauptspeise!
Tut mir leid, sagt die Frau. Ich habe nicht mit dir gerechnet, du kommst sonst nicht so früh zurück. Du hättest anrufen können, Hans. Aber ich habe noch Schinken und Käse im Kühlschrank. Und eine Dose Thunfisch. Möchtest du Thunfischsalat? Mit Gurken?

Er mag keinen Thunfisch. Er mag überhaupt keinen Fisch. Er hat immer Pizza ohne Sardellen bestellt. Im Urlaub am Meer haben alle Leute Fisch gegessen, nur er nicht. Die Frau sollte es wissen. Einmal zu Weihnachten hat sie Karpfen zubereitet, blau, obwohl man es ihr gesagt hatte, daß er keinen Fisch mag. Sie wollte unbedingt einen Karpfen haben. Zuerst hat es Lachs gegeben, geräuchert, mit Meerrettich. Er hat nichts gegessen, nicht einmal eine Scheibe Toast oder eine Kartoffel. Hat Magenschmerzen bekommen vor Hunger. War schlecht gelaunt. Auf dem Rückweg ist er zum Bahnhof gefahren, hat das Auto in zweiter Reihe geparkt, ist ausgestiegen, hat die Straße überquert, ist zum Imbißstand gegangen. Da hat er im

Stehen Curry-Würste gegessen, rot-weiß, mit Pommes. Und einen Schnaps hat er getrunken. Danach war sein Bauchweh schlimmer. Seine Laune auch.

Die Tagesschau läuft im Wohnzimmer, drängt durch die Decke nach oben. Eine Gewerkschaft will sieben Prozent. Die Arbeitgeber wollen nicht. Verhandlungen abgebrochen. Warnstreik, vielleicht, vielleicht nicht. Bombenanschlag mit einer Autobombe, der Fahrer hat sich selber in die Luft gesprengt. Tot. Von ihm gibt es nur noch blutige Fetzen.
Kann nicht zusammengeflickt werden. Menschenpuzzle aus zehntausend Stücken. Teile fehlen. Das Blut sickert im Boden ein, dringt ins Grundwasser, gefiltert von Kieselsteinen und vom Sand, der Regen wäscht die letzten Spuren ab, der Wind hat den süßen Geruch mit dem Rauch zusammen davongetragen. Später finden Kinder Knochensplitter im Rinnstein, heben sie auf, und alte Frauen lesen daraus die Zukunft. Nicht gut.

Armer Junge, sagt die Frau, seufzt. Er ist zu jung dafür. Daß er die eigene Mutter so sehen muß! Sie ist unfähig, den kleinsten Finger zu heben, muß gefüttert, auf die Toilette gebracht werden. Gott sei Dank braucht er ihr nicht selber den Hintern abzuwischen. Was für ein Leben für einen Siebzehnjährigen. Er tut mir so leid.
Und ich? fragt der andere. Und du? Wir sind auch nicht besser dran.
Aber der Junge ist so jung, sagt sie.

Du hast das so gewollt, sagt er. Das war deine Idee. Nicht meine.
Die Frau weint.
Entschuldige, sagt er. Ich habe es nicht so gemeint. Ich wollte dich nicht verletzen. Tut mir leid. Ich bin nur müde. Komm, Helga, hör auf zu weinen.
Seine Stimme ist gereizt. Weinende Frauen bringen ihn durcheinander. Früher auch. Hör doch auf, sagt er zu jemandem, der weint, dann senkt er den Kopf, blickt gequält auf seine Nägel, zwingt sich, mit seiner Hand auf eine Schulter zu klopfen, um seine Bereitschaft zur Reue anzukündigen, verspricht, sich zu bessern, oder ein Wochenende in Paris oder eine neue Waschmaschine, sagt: ist schon gut, du hast recht. Später ärgert er sich, über sich selbst, über seine Nachgiebigkeit, seine Großzügigkeit, über eine Frau, die ihn nicht versteht, über alle anderen, die ihn nicht verstehen, die ihn nie verstanden haben. Er geht aus dem Haus, tritt nach dem Hund der Nachbarn, weil er an die Garagenecke pinkelt, zischt Schimpfwörter, bis er sein Büro erreicht, und da nervt er den Pförtner, die Putzfrau, die Sekretärin. Er ruft beim Arzt an. Wegen Magenbeschwerden. Läßt sich einen Termin geben und geht nicht hin, weil sein Magen sich beruhigt hat. Er hat keine Zeit, nach Paris zu fahren. Er muß arbeiten, das Geld für die Familie verdienen. Er hat keine Zeit.
Manchmal weint er auch. Wenn ihn niemand sieht.

Wir haben ihre Haare geschnitten, sagt die Frau.
Gut, sagt er. Hast du gut gemacht. Ich gehe ins Bett.

Willst du gar nicht zu ihr? fragt die Frau.
Doch, sagt er. Ich gehe schon.
Der Körper liegt im Bett, ist mit einer wattierten Decke bis zum Hals zugedeckt. Auf der Decke sind große Blumen mit Rankengewächs dazwischen. Die Blumen riechen nicht nach Blumen, nur nach dem Waschmittel, das die Frau benutzt und Ariel heißt. Eine Schicht tiefer in dem Gewebe riecht es entfernt nach Mottenkugeln.
Der andere heißt Hans. Er steht im Türrahmen, nimmt das Licht vom Flur weg, schaltet das Licht im Zimmer nicht ein. Er kommt herein, schiebt die Tür hinter sich zu, zieht einen Stuhl zum Bett und setzt sich. Er bleibt sitzen, sagt nichts, rührt sich nicht. Und nach einer Weile läßt er sich auf das Bett fallen und umarmt die Matratze und den Körper. Er weint. Ein paar Male stottert er den Namen, dann läuft ihm die Spucke aus dem Mund und die Rotze aus der Nase und das Wasser aus den Augen. Er schüttelt den Körper und schluchzt, leise, damit niemand ihn hört. Wenn er alles los geworden ist, richtet er sich auf und geht. Auf der Brust, wo sein Kopf lag, ist die Decke feucht geworden.

Der Körper liegt wach im Dunkel, kann nichts sehen. Nur hören. Die Frau schläft im Zimmer nebenan, mit offenem Mund. Sie schnarcht ein wenig, weil sie eine Pille genommen hat. Ohne Pille kann sie nicht schlafen, sagt sie, nicht mehr, seitdem das da geschehen ist. Früher hat sie auch schon schlecht geschlafen. Sie findet immer einen Grund, warum sie nicht einschlafen kann. Das Essen, zu fett. Die

Nachbarn, zu laut. Das Kind, nicht brav. Der Mann, betrunken. Schnarcht. Das Geld, zu wenig. Das Haus. Muß geputzt werden. Der Rücken, tut weh. Das Wetter, zu kalt oder zu warm. Die Katze. Nicht nach Hause gekommen. Ist überfahren worden. Die Milch. Ist sauer geworden.
Sie findet immer einen Grund. Wenn sie sich über etwas freut, dann nur kurz. Für jeden Augenblick Glück muß man zahlen, sagt sie. Sie will lieber kein Glück oder nicht zuviel davon, weil sie nichts hergeben mag. Ich habe schon alles gegeben, sagt sie, mein Leben lang habe ich immer nur gegeben. Ich habe nichts mehr. Ich bin leer, sagt sie.
Dunkel.

Draußen ist es grau. Silbergrau, mausgrau, teergrau, anthrazit, schwarzgrau, grauschwarz, schmutzig grau, meeresgrau, delphingrau, leuchtend grau, leuchtend schwarz. Die Birke steht draußen, ist naß. Es regnet. Die Wassertropfen bleiben an den dünnen Ästen hängen, fallen ab.
Einen Tropfen fixieren, bis er fällt. Den Tropfen festhalten. Seinen Fall anhalten. Den runden Tropfen in der Luft schweben lassen, wie eine Seifenblase, die glatte Oberfläche betrachten, darin alles sehen. Den Himmel, die Birke, etwas anderes. Ein Gesicht. Die Welt.
Geht nicht. Der Tropfen fällt. Fällt immer. Wenn er will. Wenn er sich an nichts mehr halten kann, wenn der Ast genug von ihm hat und ihn abschüttelt. Wenn er zu schwer ist, fällt er. Die Geschwindigkeit seines Sturzes ist gleich die Erdanziehungskraft mal –

Guten Tag, sagt die Krankenschwester, wie geht es uns heute? Haben Sie gut geschlafen, wie steht es mit der Verdauung, war sie schon auf dem Topf? Morgen sollten wir einen Einlauf machen, oder nicht, nein, das hat Zeit bis übermorgen, warten Sie mal, wann ist es das letzte Mal gegangen, wirklich? Gut, ist nicht so lange her, wir werden sehen, jetzt nehmen Sie den Arm, so, darunterklemmen und hochheben, runter, den anderen Arm, ja, jetzt haben wir's, nein, schnell das noch, nein, die Füße müssen wir heute nicht waschen, sie geht nirgends hin, da werden sie nicht schmutzig, hahaha, nicht wie bei unsereins, immer auf den Beinen, ganz schön anstrengend, der Beruf, das sage ich ihnen, und hier ist es im ersten Stock, aber ich habe Patienten, die sind im fünften Stock, und ohne Lift, stellen Sie sich das vor, ohne Lift, am Abend muß ich unbedingt die Beine hochlegen, sonst ... Danke, keinen Kaffee, ich habe es eilig, ich bin schon zu spät, wissen Sie, mein Auto ist in der Werkstatt, mein Bekannter war so nett und hat mich heute gefahren, er wartet auf mich im Auto und liest die Zeitung, hahaha, nein, er möchte nicht hereinkommen, wissen Sie, ich habe heute nur noch zwei Termine, und danach wollen wir uns einen schönen Tag machen, aber morgen vielleicht, auf Wiedersehen.
Die Haustür wird geschlossen. Ein Wagen fährt ab. Die Krankenschwester und ihr Bekannter fahren zusammen zu den zwei Terminen und dann machen sie sich einen schönen Tag. Die Krankenschwester legt die Beine hoch, der Bekannte legt sich dazwischen. Deswegen will sie heute keinen Kaffee mit der Frau trinken.

Die Frau trinkt ihren Kaffee allein, unten, in der Küche. Der Kaffeegeruch steigt nach oben, gemischt mit Zigarettenrauch. Im Radio läuft das Mittagsmagazin, Nachrichten aus aller Welt, Entführung, Flugzeugunglück, Kriege und Tote. Korruption und Präsidentenwahlen. Das Wetter. Naßkalt. Schnee in achthundert Meter. Die Frau stellt das Radio ab. Sie blättert in einer Zeitschrift, seufzt, rückt Stühle herum. Bringt kein Essen. Schaltet das Radio wieder an, raucht noch eine Zigarette. Die Sendung heißt Schöne Stimmen, sie läuft am Nachmittag. Ein tiefer Baß drängt durch die Decke, kitzelt die Fußsohlen. Singt auf italienisch. Dicker Mann mit Doppelkinn und Bart, die rechte Hand liegt auf dem Herzen, schiebt den Ton höher. Wird von der Küchenmaschine begleitet. Es vibriert unter den Ohren, im Kiefer, an der Nasenwurzel. Hört auf. Die Frau bäckt Kuchen. Klopft die Knethaken im Takt gegen die Porzellanschüssel, damit der Teig abfällt. Der Mann singt tiefer. Seine Stimme drängt in den Bauch.
Hunger.
Der Kuchengeruch steigt die Treppe herauf, Stufe für Stufe, breitet sich im ersten Stock aus, zwängt sich zwischen Tür und Schwelle, kitzelt die Nase, verrät Äpfel mit Teig, Backpulver, keine Hefe, Streusel und Zimt auch, zuckersüß. Die Äpfel für den Kuchen hat die Frau geschält – was ist mit der Schale?

Den Apfel mit der linken Hand gehalten. Das Messer setzt oben an, kerbt ein, zieht einen langen Streifen spiralförmig nach unten, bis die Schale bricht. Das Mädchen sitzt auf dem Boden, hält den Atem an. Manchmal gelingt es der Frau, einen ganzen Apfel zu schälen, ohne daß der Streifen abreißt. Wenn es gelingt, nimmt sie die Schale an einem Ende zwischen zwei Finger, hält sie hoch in der Luft, bis das andere Ende vor dem offenen Mund des Mädchens baumelt. Der Mund schnappt zu, das Mädchen ißt die Apfelschale auf, in entgegengesetzter Richtung. Das ist ein Zaubertrick. Wenn es beide Male klappt, wenn die Frau den Apfel richtig schält und das Mädchen die Schale richtig ißt, dann erfüllt sich ein Wunsch. Beide dürfen sich etwas wünschen, aber sie dürfen nicht darüber sprechen, weil sich die Wünsche nicht erfüllen, wenn man über sie spricht. Sie müssen geheimgehalten werden. Später hat die Frau beim Schälen der Äpfel nicht mehr aufgepaßt. Sie hat vergessen, daß man sich etwas wünschen darf, wenn man die Äpfel richtig schält. Das Mädchen ist nicht mehr da. Die Frau denkt nicht daran, sich etwas zu wünschen. Wünsche gehen sowieso nicht in Erfüllung, das sagt sie.

Es hat den ganzen Tag geregnet, sagt Nick unten im Flur, und wir hatten noch Schwimmen. Ich bin auf dem Hinweg naß geworden, auf dem Weg in die Schwimmhalle noch mal, dann im Wasser und jetzt wieder. Mir wachsen schon Schwimmhäute zwischen den Fingern, bald werde ich nach Fisch stinken. Riech mal.
Du riechst nach draußen, sagt die Frau. Paß auf, daß du dich nicht erkältest. Geh dich umziehen. Ich mache dir einen heißen Kakao.

Oh, ja, bitte, sagt er. Kriege ich auch ein Stück Kuchen? Es riecht so gut.
Die Frau lacht. Sie freut sich.
Wie geht es Mutter? fragt er.
Oh Gott, ruft die Frau und lacht nicht mehr. Oh Gott, ich habe ganz vergessen, ihr das Mittagessen zu bringen. Was ist in mich gefahren? Wie konnte ich?
Sie klappert unruhig mit Tellern und Besteck.
Streß dich nicht, sagt er. Laß uns alle zusammen Kuchen essen. Wie früher.
Im Zimmer zündet er Kerzen an, wie zum Geburtstag. Die Frau bringt Papierservietten und den Kuchen nach oben. Geht wieder. Bringt ein Tablett mit drei Tassen. Nicht Kaffee und Kuchen. Kakao und Kuchen. Geht wieder. Bringt eine Schüssel mit Schlagsahne. Klatscht Sahnehauben auf den Kakao, schneidet den Kuchen durch, klatscht Sahnehäufchen auf die Kuchenstücke. In den Tassen schwimmen Eisberge. Der Löffel mit Sahne bleibt in der Luft hängen. Die Sahnezunge fixieren, bis sie fällt.
Du, ich weiß nicht, ob Kakao so gut für sie ist, sagt die Frau. Das stopft. Vielleicht doch lieber ein Kräutertee oder warme Milch.
Iiiii! sagt er, warme Milch ohne alles, das ist doch eklig.
Er trinkt einen Schluck, schlürft beim Trinken.
Oma, sagt er, dein Kakao ist wunderbar, der beste Kakao der Welt.
Ach, was! sagt die Frau, freut sich und gibt noch einen Klecks Sahne auf seinen Kuchen. Du übertreibst.

Nein, nein, sagt er. Ich bin ein Experte. Vereidigter Testtrinker bei Suchard, Kaba und Nesquik, Geheimagent von Ovomaltine. Du bist eine großartige Kakaomeisterin. Die Beste.
Er zerbröselt den Kuchen, steckt Stücke in seinen Mund, in den Mund, schüttet Kakao auf das Nachthemd mit den Blumen. Zieht die Decke darüber, damit die Frau den Fleck nicht sieht.
Warm auf dem Bauch. Süß und weich auf der Zunge.
Nicht soviel auf einmal, sagt die Frau. Sie könnte sich verschlucken. Ach was, sagt er, das schmeckt ihr, nicht wahr, Mama?
Der Kuchen ist doch etwas trocken geraten, sagt die Frau. Ich hätte ihn früher aus dem Ofen holen sollen.
Sie wartet. Sie sagt, daß es nicht schmeckt, nur damit man ihr widerspricht. Sie will Komplimente. Mehr Komplimente. Er soll ihr sagen, daß der Kuchen einfach perfekt ist, daß er die richtige Konsistenz hat, weder zu trocken noch zu feucht, er soll schwören, daß er noch nie einen besseren Kuchen gegessen hat, daß die Streusel genial sind, außen knusprig, innen weich, gut gewürzt, genau das richtige Verhältnis zwischen Zimt und Zucker. Er soll sich etwas einfallen lassen.
Ist schon in Ordnung, sagt er. Ich habe Hunger.
Er spricht mit vollem Mund, greift nach einem zweiten Stück Kuchen, häuft mehr Sahne darauf.
Möchtest du abschlecken? fragt er.
Er hebt den Löffel, bewegt ihn unter der Nase hin und her. Zu weit.

Du schielst, sagt er, schau mal her, Oma, das sieht witzig aus.
Oh, nein! schreit die Frau, hör auf. Das ist furchtbar, ich kann das gar nicht ansehen.
Sie läuft aus dem Zimmer, öffnet die Tür zur Toilette.
Er leckt den Löffel sauber, tunkt einen Finger in die Sahne, berührt damit die Lippen.
Magst du schlecken? fragt er.
Die Zungenspitze schiebt sich zwischen die Lippen. Streckt sich. Leckt am Finger. Umkreist die Fingerkuppe.
Du bist eine echte Naschkatze, sagt er. Willst du mehr?
Sein Finger fährt die Lippen entlang. Hinterläßt eine sahnige Spur. Tippt die Zunge an.
Streck deine Zunge raus, sagt er.
Die Zunge gehorcht.
He, schreit er plötzlich, Oma, komm her, sie versteht, sie hat mich verstanden!
Was schreist du so? fragt die Frau von der Türschwelle aus.
Sie versteht uns! Ich habe ihr gesagt: Streck die Zunge heraus! und sie hat es getan, sie hat es getan! Sie hat mich verstanden!
Er jubelt, hüpft auf seinem Stuhl, die Augen voller Lachen. Sein Mund macht Kußgeräusche. Sahne rutscht an seinem Zeigefinger entlang.
Die Zunge streckt sich hinaus, wartet. Der Finger taucht in die Sahne hinein, legt einen Kleks Sahne auf die Zunge. Sonne im Mund. Süß. Warm. Die Sahne schmilzt, fließt die Kehle hinunter. Die Zunge leckt die Lippen, streckt sich hinaus. Will mehr.

Tsss. Tsss, sagt die Frau. Hör sofort auf! Du solltest dich schämen, sie so zu behandeln!
Warum denn? fragt er, was willst du denn? Sie versteht. Sie ist weder blöd noch tot. Sie kann nur nicht reden. Ich bin sicher, sie versteht alles.
Armer Junge, sagt die Frau. Du weißt doch, was die Ärzte gesagt haben. Armer Junge, die eigene Mutter so erleben zu müssen.
Das Telefon klingelt. Nick springt aus dem Zimmer, rennt die Treppe hinunter.
Hallo? sagt er. He, Tatjana!
Dann lacht er. Spricht leise in die Telefonmuschel. Hört zu, ohne zu unterbrechen.
Er kommt nicht zurück. Bringt keine Sahne mehr in den Mund. Bleibt unten, setzt sich auf die Treppe. Lacht verhalten. Er ist unsicher. Spricht mit einem Mädchen. Sie heißt Tatjana und kommt aus Rußland. Er hat sie gern, das hat er gesagt. Seine Stimme ist weich.
Die Frau geht hinunter.
Dauert es noch lange? fragt sie. Du blockierst die Leitung. Sie mag es nicht, wenn jemand lange telefoniert. Sie geht mehrmals über den Flur, bewegt Dinge von einer Seite zur anderen, grundlos. Sie spricht zu ihm, nur damit er aufhört zu telefonieren. Stellt ihm Fragen. Er antwortet kein einziges Mal, flüchtet ins Wohnzimmer.
Du wirst noch die Schnur aus der Wand reißen, sagt die Frau.
Er schließt die Tür. Möchte allein sein, mit sich und Tatjana.

Die Frau holt den Staubsauger aus dem Kabuff, beginnt, den Boden zu saugen, stößt mehrmals gegen die Wand und gegen die Tür des Wohnzimmers. Sie räumt den Staubsauger weg, als er sein Telefongespräch beendet hat.
Tust du das absichtlich? fragt er.
Sehr freundliche Stimme. Der Zorn bebt dahinter.
Wie bitte? fragt die Frau.
Warum machst du so einen Krach, wenn ich telefoniere, fragt er, kannst du mir das bitte erklären?
Das kostet Geld, sagt sie, was das für ein Geld kostet.
Aber Oma, sagt er, früher vielleicht, aber heute kostet ein Stadtgespräch doch nur ein paar Pfennige.
Zahlst du sie? fragt sie.
Du auch nicht, antwortet er. Außerdem hat sie angerufen.
Trotzdem, sagt sie.
Er antwortet nicht. Gibt sich keine Mühe. Ist ihm zu blöd.
Kannst du das Geschirr bitte heruntertragen? fragt die Frau.
Gleich, sagt er. Sie ruft gleich noch mal an.
Er setzt sich auf die Treppe, wartet. Tatjana ruft nicht mehr an. Als es schon dunkel ist, kommt er wieder hoch. Sieht nicht die herausgestreckte Zunge, sieht nur seinen Kummer. Tatjana hat nicht mehr angerufen. Die Sahne ist in der Schüssel zusammengesunken, flockt, bildet einen milchigen See. Er stapelt ungeschickt die Teller und die Tassen aufeinander. Ein Löffel fällt. Er hebt ihn nicht auf. Trägt das Tablett hinunter in die Küche. Die fünfte Stufe knirscht. Ein zweiter Löffel fällt auf den

Läufer im Flur, springt auf die Steinfliesen. Wird aufgehoben.
Nick kommt die Treppe hoch, kommt nicht ins Zimmer, geht in sein Zimmer, knallt die Tür zu, wirft sich aufs Bett. Die Bettfedern quietschen, schweigen, quietschen wieder, als er aufsteht, eine Platte auflegt. Eine harte Musik erstürmt das Haus. Greift an. Über den Flur marschieren die Bässe. Dröhnen.
Von unten schreit die Frau, daß er die Musik leiser drehen soll. Daß es viel zu laut ist. Daß es nicht zu ertragen ist. Ihre Stimme verliert sich im Getöse.

Die Augen sind geschlossen. Rhythmischer Kanonenschlag erschüttert den Körper. Das Herz tut weh. Der Körper ist ein Schlachtfeld. Es ist ein Mensch da, er wird Zentimeter für Zentimeter in die Erde eingepflöckt. Eine Hand trommelt auf seinen Schädel, dann haut sie ihm rechts und links eine, damit er sich gerade hält. Es tut weh. Die Füße sinken ein, Millimeter um Millimeter. Der Mensch sinkt bis zu den Knöcheln in den Boden ein, bis zu den Knien, er kann sich nicht mehr bewegen. Die Hand schlägt härter zu, schlägt fester, und wenn nur noch der Kopf zu sehen ist, wird er mit den Füßen in den Boden hineingestampft.

Draußen steht die Birke. Der Mann hat sie gepflanzt, als das Kind ein Jahr alt wurde. Zum Geburtstag, viel Glück. Und einen Baum. Und einen Raupenschlepper aus gelbem Plastik. Damit ist das Kind um den Stamm gekrabbelt, hat die Erde platt gedrückt. Schwarze feuchte Erde. Seine Hose hat feuchte schwarze Flecken an den Knien. Das Kind hat schwarze Hände. Ißt die Erde, hat einen schwarzen Mund. Muß gewaschen werden. Will nicht. Hält sich am Stamm der Birke fest. Schreit. Der Baum schwankt, bekommt Schlagseite. Der Mann zieht an den Füßen, das Kind ist nicht stark genug. Läßt los. Wird gehoben. Schreit, windet sich, schlägt mit seinen kleinen Fäusten. Tränen schießen aus seinen Augen, fallen auf die schwarze Erde. Rotz läuft aus seiner Nase, in seinen Mund. Der Mann lacht. Wischt über das Gesicht des Kindes. Das ist deine Birke, sagt er. Du mußt lieb zu ihr sein, du darfst ihr nicht weh tun, sonst geht sie ein.

Der Mann ist ein anderer geworden. Er will die Birke fällen. Sie macht zuviel Schatten, sagt er. Das Kind ist groß geworden. Heißt Nick. Das ist meine Birke, sagt er. Du hast sie mir geschenkt. Sie gehört mir. Du darfst sie nicht fällen.

Jemand hat die Birke gekauft, sie war klein, anderthalb Meter hoch. Dünner Stamm, kaum Blätter. Ein Zweig war beim Transport abgebrochen. Er lag im Kofferraum, wurde in ein Wasserglas gesteckt, stand dort, bis das Wasser gelblich wurde und stank. Der Zweig hatte keine Wurzeln gezogen, wurde weggeschmissen. Nicht in den Mülleimer, auf den Komposthaufen, hinter dem Haus, bei der Hecke. Weit weg von der Birke.

Sie war anderthalb Meter hoch und wuchs zuerst gar nicht. Sie ließ die Zweige hängen, schien sich zu überlegen, ob es ihr da gefällt, in dieser Erde, vor diesem Haus.

In diesem Vorgarten, in der Nähe vom Jasmin. Neben dem Briefkasten, hinter den Mülltonnen. Bei diesen Menschen. Sie brauchte lange, dann wurde sie kräftiger, schoß plötzlich in die Höhe, bekam neue Zweige.

Ein paar Jahre später im Frühling, als das Kind schon sechs Jahre alt war und in die Schule ging, blieb die Birke kahl. Im April trieb sie kein einziges Blatt. Keine einzige Knospe. Sie ließ die Zweige noch tiefer hängen. Jemand sagte, Brennesseljauche wäre gut, das stank nur, half nicht. Die Birke blieb nackt. Keine Knospe. Kein Blatt.

Jeden Tag, wenn das Kind aus der Schule kam, warf es den Schulranzen auf die Erde, ging auf die Birke zu und berührte ihren Stamm. Legte den Mund gegen die Rinde, flüsterte. Sprach lange mit dem Baum. Wollte nichts essen. Anfang Juni erschienen die ersten Knospen, Ende Juni grünte sie, trotzig hell. Man muß die toten Äste abschneiden, sagte der Mann. Nein, schrie das Kind, nicht schneiden. Das ist meine Birke. Wenn der Mann nach Hause kam, stellte sich das Kind vor den Baum, preßte sich an den Stamm. Flüsterte. Im August, als das Kind seine Oma besuchte, wurden die toten Äste abgesägt. Das merkt er gar nicht, sagte der Mann.

Am Ende der Ferien kam das Kind zurück, sprang aus dem Auto, rannte an den ausgestreckten Armen vorbei, rannte zur Birke. Blieb stehen. Schaute zu ihr hoch. Ging langsam auf die Birke zu, legte beide Hände auf den Stamm. Drückte die Stirn gegen die Rinde und sagte kein Wort.

Insekten summten. Ein dichter Schwarm hing in der Luft.

Die ausgestreckten Arme fielen nutzlos herab. Verlegene Worte stolperten ins Gras. Essen wurde angekündigt. Hinter dem Haus, im Garten. Zum Nachtisch gab es einen Pflaumenkuchen mit Streusel und Sahne. Das Kind aß nichts. Saß dabei, schwieg.

Wespen schwirrten über dem Tisch, um die Köpfe, flogen tiefer, setzten sich auf seinen Teller, saugten den süßen Saft.

Der Herbst ist früh dran, sagte der Mann.

Findest du? fragte jemand.

2

Sie werden sich erkälten, Schwester Nelly, sagt die Frau zu der Krankenschwester.
Die Krankenschwester trägt keinen Kittel mehr. Sie hat einen kurzen Rock an, gelb. Hinten eine Falte. An der Falte hängt ein weißer Faden. In ihren Kniekehlen bildet das Blut blaue Wege.
Heute ist es schön draußen, sagt sie. Der Frühling kommt endlich. Es hat genug geregnet, finden Sie nicht? Sie, Frau Schmitt, ich wollte es Ihnen schon lange sagen, bitte, nennen Sie mich einfach Nelly. Das klingt moderner. Wenn man Schwester Nelly zu mir sagt, muß ich immer an eine Betschwester denken. Nicht, daß ich irgend etwas gegen Religion hätte, manche brauchen's halt, aber ich möchte nicht, daß man mich verwechselt. Ich bin kein Klostertyp, wenn Sie verstehen, was ich meine.
Sie trägt eine Bluse, durchsichtig, darunter einen weißen Büstenhalter. Wenn sie sich nach vorne bückt, fallen ihre Brüste fast aus den Körbchen heraus. Sie hat große, weiße Brüste. Wabbelig.
Ich verstehe, sagt die Frau, aber wie Sie sich anziehen, kann man Sie nicht verwechseln. Und auch mit Kittel sehen Sie nicht wie eine Betschwester aus.
Ich bin ein lebenslustiger Typ, wissen Sie, sagt die Krankenschwester Nelly, während sie den Oberkörper mit dem

Waschlappen traktiert, unter die Brüste fährt, reibt, unter die Achsel fährt, reibt, in dem Nabelloch pult.
Die Frau nickt. Grunzt Zustimmung, sagt nichts mehr.
Gestern abend hat sie Hans erzählt, daß die Krankenschwester ein lebenslustiger Typ ist. Der Bekannte, der sie fährt, der hat einen Schnurrbart und dicke Finger, hat sie gesagt, und sie läßt sich im Auto von ihm befummeln, das kann man vom Wohnzimmerfenster aus sehen, wie sie sich abknutschen, weißt du, Hans, als sie neulich aus dem Auto gestiegen ist, hat man fast alles gesehen. Der Rock war ihr bis zum Höschen hochgerutscht. Sie hat ihn zurecht gerückt und ihre Bluse in den Rock gestopft. Gott sei Dank ist Nick immer in der Schule, wenn sie kommt, er hat die Krankenschwester noch nie gesehen, das ist besser für ihn, in dem Alter bildet man sich Sachen ein, man hat den Kopf voll mit nackten Frauen, da braucht man keine dazu, die ihre dicken Brüste so herzeigt. Halb so schlimm, hat Hans geantwortet. Hauptsache, sie macht ihre Arbeit anständig. Das schon, hat Helga gesagt. Sie ist sehr gewissenhaft.
Man lebt nur einmal, sagt die Krankenschwester, da soll man es sich lieber gleich gutgehen lassen, sonst lohnt sich die ganze Mühe gar nicht, sagt die Krankenschwester, bearbeitet die Füße mit dem Waschlappen, zieht ihn zwischen die Zehen.
Kitzelt.
Genau, sagt die Frau, Sie haben schon recht.
Weißt du, Hans, hat sie erzählt, als sich beide im Flur für die Nacht verabschiedeten, bestimmt ist ihr Bekannter

verheiratet, sonst würden sie nicht so im Auto herummachen, anders kann ich es mir gar nicht erklären, aber das ist schon komisch, daß er tagsüber soviel Zeit hat, vielleicht ist er arbeitslos, oder er ist Vertreter, die sind immer unterwegs, und keiner weiß, wo sie sich herumtreiben, die sind wie die Lastwagenfahrer oder früher die Matrosen. Hans hat nichts geantwortet, nur bis morgen gesagt.

Sie haben recht, wiederholt die Frau, man lebt nur einmal, aber, Nelly, wenn ich Nelly zu Ihnen sage, dann müssen Sie mich auch Helga nennen.

Gern, Helga, sagt die Krankenschwester, spült den Waschlappen, wringt ihn aus, legt ihn auf den Rand der Plastikschüssel. Darauf trinke ich heute einen Kaffee mit Ihnen.

Ach, einen Kaffee! Wie wäre es mit einem kleinen Sherry? Oder dürfen Sie nicht, wenn Sie im Dienst sind?

Helga, die Frau, zwinkert. Die Krankenschwester, Nelly, zögert. Eine Anstandspause.

Na ja ..., antwortet sie, Nelly, wenn Sie meinen ... Einen ganz kleinen dann.

Das braucht niemand zu wissen, sagt Helga.

Die Frau und die Krankenschwester, Helga und Nelly, sitzen unten im Wohnzimmer. Alle Türen sind offen. Im Zimmer oben riecht es nach Essen. Nicht gut.

Zum Mittagessen gibt es Rouladen, nach eigenem Rezept, sagt Helga zu Nelly, nur Rinderhack, kein Gramm Schweinefleisch, das ist das Geheimnis.

Da haben Sie recht. Ist gesünder. Und hat weniger Kalorien, sagt Nelly.
Um Kalorien brauchen Sie sich doch gar keine Sorgen zu machen, sagt Helga, Sie haben eine gute Figur!
Finden Sie?
Nelly und Helga. Helga und Nelly. Sherry. Kein Kaffee. Stimmengewirr, Frauenstimmen, freundlich plaudernd. Ein Gläschen. Ja, gern, danke. Bitte, selbstverständlich. Gute Figur. Sie aber auch für Ihr Alter. Finden Sie wirklich, fragt Helga, wie alt schätzen Sie mich denn?
Will Komplimente hören.
Weiß ich nicht, Anfang sechzig vielleicht?
Nelly lügt. Die Mutter muß Ende sechzig sein, aber sie sieht viel älter aus, hat sie am Telefon gesagt, als Helga einkaufen war, die Frau ist vollkommen fertig.
Ich bin erst achtundfünfzig, sagt Helga und seufzt, meine Güte, das Schicksal, das geht nicht unbemerkt an einem vorbei. Kein Wunder mit ihr, da oben. Möchten Sie noch einen Sherry?
Ist wirklich gut, sagt Nelly, danke, nicht so viel. Ich muß noch arbeiten. Also, zum Wohle. Man könnte sich daran gewöhnen.
Helga hat sich schon daran gewöhnt. Morgens, wenn alle aus dem Haus sind, macht sie sich einen Kaffee und trinkt das erste Gläschen dazu, bevor sie die Treppe hochsteigt. Ihr Atem riecht nach Sherry. Und nachmittags, wenn sie unten bügelt und dabei die Talk-Show von Ilona Christen oder Hans Meiser anschaut, und abends, wenn keiner da ist. Ich gönne mir jetzt ein Gläschen, sagt sie

jedesmal laut zu sich selbst, weil sie glaubt, daß niemand zuhört.
Das bißchen Sherry, sagt Helga, da ist doch nichts dabei. Wissen Sie, mir tut es gut, so ein Gläschen vor dem Essen.
Essen Sie gar kein Schweinefleisch? fragt die Krankenschwester, Sie sind doch keine Juden, oder?
Nein, nein, das nicht. Wir sind evangelisch, also ich, mehr oder weniger. Die Tochter ist ausgetreten, schon als sie achtzehn war. Ihr Kind, meinen Enkel Nick, hat sie gar nicht erst taufen lassen.
Finde ich nicht richtig, sagt die Krankenschwester. Finde ich besser, wenn die Kinder getauft werden, später können sie sich selber entscheiden.
Wem sagen Sie das, sagt die Frau. Und eine schöne Feier zur Taufe, mit der ganzen Familie, das hätte ich gern gehabt. Aber für so was hatte sie kein Gefühl. Schade. Das sind schöne Erinnerungen. Und später kann man sich die Fotos anschauen. Da bleibt einem noch etwas erhalten.
Ja, ja, sagt die Krankenschwester. Und besonders wenn es schlecht endet, wie bei Ihrer Tochter. Ich kenne das. Wenn es zu hart wird, braucht man die Fotos, um sich zu erinnern, daß sie mal anders waren.
Die Frau seufzt nur.
Und mit der Kirche, fährt die Krankenschwester fort, mit der Kirche haben Sie schon recht. Austreten kann man immer noch, wenn man dagegen ist. Aber eintreten, das ist schwieriger. Das ist eine schwierige Entscheidung. Und wer weiß, wenn Ihr Enkel gar keine Führung hat, ob er nicht bei einer Sekte endet ...

Das glaube ich nicht, sagt die Frau. So ein Dickkopf, und der argumentiert und diskutiert und will alles ganz genau wissen. Nein, nein, der nicht. Der ist wie meine Tochter. Auch sie hatte ihren eigenen Kopf. Schon als Kind. Sie hat gebrüllt wie ein geschlachtetes Schwein, wenn ihr etwas nicht gepaßt hat. Sie hat um sich geschlagen und Dinge an die Wand geworfen! Pff! Nein, nein, sie hat sich nie etwas sagen lassen. Na ja, von mir nicht, von ihrem Mann vielleicht. In der Ehe ist sie ruhiger geworden. Aber wissen Sie, Nelly, nicht einmal ihre Hochzeit hat sie gefeiert. Schnell zum Standesamt mit ein paar Freunden, hopp hopp hopp, und danach ab in die Kneipe. Ganz ohne Zeremonie. Ich weiß nicht mal, was sie anhatte. Es gibt kein einziges Foto. Wie finden Sie das, daß man heiratet und kein einziges Erinnerungsfoto hat?
Oh, sagt die Krankenschwester, ich halte nicht viel vom Heiraten, nur wenn es Kinder gibt, sollte man schon.
Das war bei ihr so, sagt die Frau, sie war schwanger, als sie geheiratet hat. Aber sie hat kein Wort davon erzählt. Stellen Sie sich vor, Nelly, sie hat mich erst danach angerufen. Nach der Hochzeit. Übrigens, Mama, Hans und ich haben eben geheiratet, und außerdem kriege ich ein Kind, so hat sie es mir am Telefon mitgeteilt, wie finden Sie das?
Na ja ..., murmelt Nelly, also ich, wenn ich heiraten würde, dann nur mit einem großen Fest in einem großen Hotel, und mit einer Band und mit einem langen weißen Kleid. Wenn schon, denn schon.
Mein Mann war wütend, als er das erfahren hat, sagt die

Frau, aber später war es ihm egal. Wissen Sie, was der gesagt hat?
Nein, sagt Nelly.
Unsere Tochter, hat er gesagt, ist ganz schön blöd. Weißt du, Helga, so bekommt die Simone kein einziges Hochzeitsgeschenk, und uns kostet es nichts. Sonst hätten wir ihr möglicherweise das ganze Fest zahlen müssen. Aber später hat er ihr trotzdem ein Auto geschenkt, als der Kleine geboren wurde. Mein Mann hatte ein weiches Herz, und das erste Enkelkind, wissen Sie.
Ja, die Männer ... Im Grunde haben sie fast alle ein weiches Herz, sagt Nelly. Mein Bekannter, zum Beispiel ...

Die Krankenschwester mag keine Familiengeschichten, nur wenn sie ein wenig schlüpfrig sind. Scheidungen und Seitensprünge gefallen ihr. Und die erste Liebe. Sie hat sich erkundigt, ob der Sohn, Nick, schon eine Freundin hat. Die Frau hat von der Russin erzählt.
Beide sind sich einig, man kann nicht vorsichtig genug sein, die im Osten haben alle kein Geld und kommen nur her, um sich Dumme auszusuchen, die sie ausnehmen können. Nicht nur die aus dem Osten, auch die anderen. Von überall kommen sie her, nur weil es hier noch in Ordnung ist. Na ja, aus Afrika, das kann man noch verstehen, weil sie nichts zu essen haben, ja, und in Asien, mit all den Wetterkatastrophen, den Vulkanausbrüchen, ja, und den Erdbeben, sie haben es wirklich nicht leicht da unten, das muß man schon zugeben, stimmt, und haben Sie schon gesehen, wie die Chinesen den Reis pflanzen? Bis zu den

Knien im Wasser! Bis zu den Knien! Kein Wunder, daß sie so viele Seuchen haben, das Wasser dort ist voller Bakterien, wenn ich nur an diese schwarzen Dinge denke, die sich festkrallen und das Blut saugen, wie heißen sie schon wieder? Ach, Sie meinen die Blutegel, ja, ja, ja, ja, genau. Widerliche Tiere. Ja, ja, wir haben Glück, daß wir in Europa geboren sind, das kann man sagen, aber wie lange noch, denken Sie doch an Jugoslawien, da sind sie alle verrückt geworden, man versteht die Welt nicht mehr, genau, nicht nur Jugoslawien, der ganze Osten bald, und nicht nur der Osten, denken Sie nur an Sizilien, das ist kaum besser als Afrika. Wie bitte? Das ist nicht wahr, in Sizilien war ich auf Hochzeitsreise, und ... Ja, und die Mafia? Was machen Sie mit der Mafia? Ich habe gelesen, die russische Mafia, die soll noch schlimmer sein als die italienische, sagt die Krankenschwester, fällt mir eben ein, wegen der Russin.

Möchten Sie vielleicht ein paar Salzstangen? fragt Helga.
So was esse ich nicht, sagt Nelly, wenn man anfängt, kann man nicht mehr aufhören, das ist wie mit den Erdnüssen. Und dann setzt es sich gleich auf die Hüften fest.
Recht haben Sie, sagt Helga. Ich sehe schnell nach meinen Rouladen.
Ich muß gehen, sagt Nelly.
Nein, nein, bleiben Sie nur, bitte, sagt Helga, ich schenke uns noch einen letzten ganz kleinen Schluck ein. Sie können sich gar nicht vorstellen, was es für mich bedeutet, mit jemandem einfach so zu sprechen.

Ja, sagt Nelly, die das schon tausendmal gehört hat, ja, so jemanden zu pflegen, das macht schon ein bißchen einsam. Auf Ihr Wohl.
Auf Ihr Wohl, wiederholt Helga. Wenn Sie zum Essen bleiben möchten, es ist genug da. Ich koche immer etwas mehr, für den Fall. Aber Fleisch koche ich nicht oft, seitdem ... Und Schwein schon gar nicht. Nur Würstchen und Schinken. Aber sonst essen wir nie Schweinefleisch. Eher Rind. Hin und wieder Lamm. Die Tochter hat früher immer gern Lamm gegessen.
Lamm mag ich nicht, sagt Nelly, hat einen zu starken Eigengeschmack, aber die Juden, die essen alle gern Lamm. Mein Bekannter, der kennt so einen Judenwitz, aber so was darf man gar nicht erzählen, sonst wird man schief angesehen.
Lachen schadet nicht, sagt Helga, erzählen Sie nur.
Nelly senkt die Stimme, flüstert, lacht. Helga lacht höflich mit.
Mein Bekannter, sagt Nelly, der kann ihn besser erzählen. Der erzählt pausenlos Witze, die haben fast immer mit Juden oder mit Türken oder mit Sex zu tun, da muß ich oft rot werden. Er mag halt schmutzige Witze. Mein Bekannter ist ein ganz schlimmer Hund, finden Sie nicht?
Der hat Humor, sagt Helga. Freuen Sie sich, daß Sie einen erwischt haben, der Humor hat. Im Leben gibt es nicht viel zu lachen. Sehen Sie mich an.
Da haben Sie recht, sagt Nelly. Man muß es zu nehmen wissen. Gut, einen letzten Schluck trinke ich noch, aber

dann muß ich weg. Mein Bekannter kommt heute abend, nicht daß er vor verschlossener Tür steht.
Sie lacht.
Hat er denn keinen Schlüssel? fragt Helga.

Der Körper sitzt im Sessel vor der offenen Balkontür, hört nichts mehr, sieht nur noch die Birke. Winzige Knospen, kommen, kommen nicht, kommen doch, platzen hellgrün auf, Glühwürmchengrün, Neongrün, frisch, hell, Frühlingsgrün. Zwischen den Ästen purzelt eine Amsel, schwarz mit gelbem Schnabel. Neugierig. Setzt sich auf die Balkonbrüstung, dreht den Kopf seitlich und sieht ins Zimmer. Singt nicht. Spricht nicht. Denkt Vogelgedanken. Hüpfende Gedanken. Ist unruhig. Fliegt von der Balkonbrüstung hinab, hüpft bis zur Schwelle. Wirft einen Blick nach innen, Kopf schräg, winzige schwarze Perlenaugen. Aufmerksam. Fliegt weg.

Nick klingelt dreimal. Sagt, hallo, Oma, wie geht's?
Hast du denn keinen Schlüssel? fragt die Frau.
Ich habe ihn vergessen, sagt er.
Du vergißt zur Zeit alles, sagt die Frau. Was hast du denn im Kopf?
Nichts, sagt er. Es ist Frühling. Ich bin gut gelaunt. Was gibt es zum Essen?
Kohlrouladen, sagt die Frau. Mit Kartoffelbrei.
Ach, deswegen stinkt es so, sagt er. Ich mag keinen Kohl. Sag mal, Oma, kannst du nicht mal etwas anderes kochen?
Was denn?

Eh ... Steak mit Pommes, zum Beispiel?
Du bist gut. So was kann sie nicht essen. Aber für dich kann ich es schon machen. Ich habe gesehen, ihr habt eine Friteuse im Schrank. Morgen bekommst du deine Pommes.

Den ganzen Vormittag singt die Amsel in der Birke.
Nick steht im Zimmer. Er hält den Teller vor sich. Darauf ein Berg Pommes. Golden. Fetttriefend. Salzkörner überall. Darunter, das Fleisch. Rind. Gegrillt. Schwarze runde Grillspuren. Innen blutig. Am Rand, rot, kein Blut. Ketchupsumpf.
Endlich, sagt er, endlich ein richtiges Essen. Die Oma hat es für mich zubereitet, nur für mich. Du, du bekommst wieder deinen Grießbrei mit Apfelmus, weil sie glaubt, daß du nicht kauen kannst. Riecht es nicht wunderbar? Soll ich dir etwas abgeben?
Schwenkt den Teller unter der Nase. Die Pommes riechen nach Bratfett. Nach Jahrmarkt. Gut. Das Fleisch riecht fremd. Nicht frisch. Zu lange in Kühlschränken. Zersetzungsprozeß verlangsamt, nicht aufgehalten. Zu lange tot. Hallen voller tiefgefrorener Leichen.
Auf, sagt Nick, mach den Mund auf.
Der Mund gehorcht. Nick legt ein goldenes Stäbchen auf die Zunge, halb drinnen, halb draußen. Die Zunge holt es nach innen. Der Mund schließt sich. Die Zunge preßt das Stäbchen gegen den Gaumen. Die Kruste, salzig. Bricht. Innen weich. Warm. Gut. Schlucken. Den Mund wieder öffnen.

Ich füttere dich schon, sagt Nick, was willst du? Pommes oder Fleisch?
Er schiebt Pommes in Ketchup, dann schaufelt er sie in sich hinein und verschlingt sie, ohne zu kauen, als hätte er monatelang nichts zu sich genommen. Der Mund wartet. Offen. Leer.
Du siehst wie ein Vögelchen aus, sagt Nick, legt zwei Pommes auf die Zunge.
Komisch, sagt er, früher hast du mich gefüttert. Ich sehe dich noch vor mir mit der Gabel in der Hand! Noch einen Bissen, noch einen Bissen, hast du gesagt, und ich habe die Zähne zusammengebissen, bis du mich zum Lachen gebracht hast. Es hat mir Spaß gemacht, dich zu ärgern. Und jetzt sitze ich mit der Gabel vor dir und füttere dich. Mach den Mund zu und kaue endlich, dann kriegst du mehr. Sonst esse ich selber alles auf.
Er schaufelt Pommes in sich hinein.
Das macht mir nichts aus, dich zu füttern, sagt er mit vollem Mund, zumindest jetzt nicht. Ich bin mir ganz sicher, irgendwann wirst du wieder wie früher. Aber es könnte ein bißchen schneller gehen, finde ich.
Der Mund strengt sich an. Kaut. Zerquetscht die Pommes zwischen Zunge und Gaumen.
Nick schneidet ein Stück Fleisch, spießt es mit der Gabel auf.
Weißt du, Mama, sagt er, das Schlimmste ist, daß du gar nicht redest. Daß du kein Wort sagst. Daß man gar nicht weiß, was du denkst, was du fühlst.
Er steckt das Fleisch in seinen Mund, kaut hastig,

schluckt. Sein Adamsapfel bewegt sich, als würde das Stück querstehen. Er legt die Gabel auf den Teller, nimmt zwei Pommes zwischen Daumen und Zeigefinger, bietet sie an.

Hast du Hunger? fragt er.

Er wartet auf eine Antwort.

Hier, schöne, knusprige Pommes, sagt er, willst du sie essen?

Der Mund öffnet sich.

Du hast noch gar nicht geschluckt, sagt er, erst schlucken.

Der Mund schließt sich.

Er steckt die Pommes in seinen eigenen Mund. Schneidet ein Stück Fleisch, ißt, ohne die Augen vom Gesicht zu lassen.

Schlucken, befiehlt er.

Zerdrückte Pommes in der Kehle. Der Mund öffnet sich. Ist leer.

Brav, sagt er. Hier.

Er nimmt mehrere Pommes zwischen die Finger, hält sie vor den Mund.

Zu weit. Die Lippen strecken sich, zittern. Der Nacken tut weh.

Komm, wenn du Hunger hast, sagt er. Komm. Ein Stückchen weiter nach vorne.

Er wartet. Seufzt, steckt die Pommes in seinen Mund, nimmt vom Teller zwei Pommes mit drei Fingern auf, schwenkt sie unter der Nase. Höher. Der Nagel seines Zeigefingers ist dunkel gefärbt. Blau. Tut nicht mehr weh. Am Anfang schon, hat er gesagt. Ist in der Schule geschehen. Immer müßt ihr Blödsinn machen, hat der andere, sein Vater, gesagt, ihr seid doch keine Kinder mehr. Doch, hat er geantwortet. Wir sind Kinder. Wenn ich es mir überlege und die Erwachsenen so sehe, bestehe ich darauf, Kind zu sein. Unbedingt. Der Nagel wird abfallen, hat die Oma gesagt, tut es noch weh?

Er wartet, hält zwei Pommes zwischen den Fingern. Pfeift.

Du würdest dich wohl lieber vor Hunger sterben lassen, als nur eine kleine Bewegung zu machen, sagt er, legt die Pommes auf die Zunge, wendet das Gesicht ab.

Kauen. Die Kiefer bewegen. Dumpfe Bewegungen. Mahlen. Zerdrücken. Hinter den letzten Zähnen bildet sich die Spucke. Schmeckt säuerlich. Vermischt sich mit mehligem Kartoffelgeschmack. Schlucken. Schlucken. Mund leer. Nicht ganz. Ein Stück Kruste steckt im Zahnfleisch. Die Zunge holt es, schiebt es über die Zähne. Schlucken.

Er spießt ein Stück Fleisch auf seine Gabel.

Magst du? fragt er.

Mund auf. Fleisch auf der Zunge. Mund zu. Das Stück Fleisch liegt tot zwischen Gaumen und Zunge. Grau. Liegt quer da. Stört. Den Mund öffnen. Stück Fleisch mitten auf der Zunge. Die Zunge herausstrecken, zwischen die Zähne klemmen, das Fleisch von der Zunge abschaben. Weg.

Ich weiß nicht, was du hast, sagt er. Mir schmeckt es.

Er hebt das Stück vom Boden auf, wirft es hinaus, über die Balkonbrüstung, zur Birke. Zur Amsel. Steckt Pommes in den offenen Mund. Sagt, schneller.

Kein Griesbrei, kein Apfelmus. Pommes. Schneller. Mehr. Gold im Mund. Gut.

Der andere kommt kurz, um sich zu verabschieden. Er betritt das Zimmer, geht bis zum Fenster, dreht sich um. Hallo, sagt er. Alles klar? Dann bis später.
Oder: Guten Tag, wie geht's? Oh, es ist schon halb, ich muß weg.
Oder: Ich komme spät nach Hause heute.
Oder: Mach's gut!
Oder: Ich habe viel zu tun.
Oder: Die Birke nimmt das ganze Licht weg.
Er flieht, die Treppe hinab. Die fünfte Stufe knirscht. Er knallt die Haustür. Steigt ins Auto, fährt davon. Im Haus hält er es nicht aus, hat er gesagt. Wenn er draußen ist, kann er endlich aufatmen. Er fühlt sich nur besser, wenn er weit weg ist. Wenn er das Elend nicht vor Augen hat. Das deprimiert mich zu Tode, hat er eine Nacht am Telefon gesagt, manchmal wünsche ich mir – dann hat er nur noch geflüstert. Wenn du es wissen willst, hat er am Schluß laut gesagt, möchte ich am liebsten dieses Haus nie mehr betreten. Doch er kommt jeden Abend nach Hause zurück. Er kommt ins Zimmer, sieht durchs Fenster, sagt, die Birke nimmt die Aussicht. Sagt, die Birke muß weg.

Geht's? fragt er.
Gequälte Mundwinkel. Er sieht auf den Boden, sieht in die Leere, sieht nicht in die Augen. Erwartet keine Antwort. Flieht.

Er betritt das Zimmer immer seltener. Bleibt öfter auf der Türschwelle stehen. Eine dunkle Gestalt spiegelt sich undeutlich in der Balkontür. Er trägt einen Anzug, ein weißes Hemd und eine Krawatte. Immer. Kommt vom Büro, geht ins Büro, sagt er. Steckt den Kopf durch die offene Tür, drei Sekunden. Spricht im Vorbeigehen. Sein Schatten huscht durch das Zimmer. Er will gar nicht mehr kommen, das hat er am Telefon gesagt, nachts. Weiß nicht, wie ich das einfädeln soll, hat er gesagt, ich habe ein schlechtes Gewissen. Will nicht mehr, kommt trotzdem. Schläft nachts im Zimmer schräg gegenüber. Er kommt immer später, erst, wenn es dunkel ist, wenn die Frau und Nick schon schlafen gegangen sind. Steigt die Treppe hoch, leise. Die fünfte Stufe knirscht. Manchmal flucht er, wenn er das Knirschen hört, flucht leise. Geht ins Bad, schließt die Tür hinter sich, leise, pinkelt, spuckt den Zahnpastaschaum in das Waschbecken. Spült. Sein Schmutzwasser fließt ab. Er legt sich hin. Schnarcht, wenn er getrunken hat.

Beim Frühstück trifft er die Frau und Nick. Ist höflich. Hat ein schlechtes Gewissen. Redet viel.

Hallo, sagt er. Wie geht es euch? Habt ihr gut geschlafen? Oh, ich muß weg, ich habe viel Arbeit, bis später.

Braucht ihr irgend etwas? fragt er, sagt mir, wenn es irgendein Problem gibt. Ich versuche, heute früher nach Hause zu kommen, aber ich habe soviel zu tun, ihr könnt euch gar nicht vorstellen, wie sich alles geändert hat, seit der Rezession, ich kann es euch gar nicht erklären, immer mehr Stellen fallen weg, und jeder in der Firma muß mehr arbeiten. Das solltest du dir merken, Nick, auch dir würde es nicht schaden, wenn du dich ein bißchen anstrengen würdest, wenn du dich am Riemen reißen würdest, nicht viel, ein bißchen, komm, mach nicht so ein Gesicht, ich bin doch kein Sklaventreiber, ich bin dein Vater, will bloß nicht, daß du später mit leeren Händen dastehst und blöd guckst. Schon gut, ich lasse dich in Ruhe, ich sage nichts mehr.

Oh, übrigens, sagt er, fast hätte ich es vergessen, ich habe den Singers versprochen, daß ich am Wochenende mit ihnen Ski fahre. Wir haben es vor langer Zeit beschlossen, dann gab's Schwierigkeiten mit den Terminen, und bald ist der Schnee weg, wir müssen ziemlich weit fahren, deswegen übernachten wir, sonst lohnt sich das gar nicht. Ich hoffe, das macht euch nichts aus. Möchtest du mitkommen, Nick? fragt er, weil er weiß, daß der Junge nein sagen wird.

Und übernächstes Wochenende muß ich nach Dortmund, sagt er. Familientreffen. Kannst du dich an Elvira erinnern, Nick? Das ist eine entfernte Kusine von mir, sie hat dich oft im Kinderwagen spazierengefahren, als du klein warst. Also, Elvira hat Geburtstag, sie wird fünfzig, das wird groß gefeiert.

Er lügt. Elvira hat nicht im Frühling Geburtstag, sie ist im Herbst geboren, Ende September, wenn die Birkenblätter golden werden. Er lügt. Niemand hat Geburtstag. Niemand aus der Familie. Sein Vater nicht, seine Mutter nicht, seine Geschwister nicht. Seine Tanten und Onkel nicht. Die Toten aus der Familie auch nicht. Und wenn,

wäre es ihm egal. Er hat sich noch nie etwas aus Geburtstagen gemacht. Alle vergessen, nur den eigenen nicht. 15. Mai 48. Er braucht nur einen Vorwand.
Namen und Geburtstage flackern auf, sind durcheinander, reihen sich allmählich ein. Nicht vollständig. Ein Name, ein Datum, ein Sternzeichen. Manchmal ein Gesicht dazu. Oder eine Augenfarbe. Eine Brille. Haare. Kleidungsstücke. Manchmal eine Geschichte, die sich mit einem Gesicht verbindet: Jemand ist mit Elvira zusammen Zug gefahren, und eine Thermoskanne mit lauwarmem Kaffee ist in der Handtasche ausgelaufen. Papiertaschentücher, vollgesogen mit brauner Flüssigkeit, lösten sich auf. Gekichert. Platz gewechselt. Fescher Schaffner. Gekichert. Ausgestiegen. Wo? Muß in Österreich gewesen sein. Wo? Im Kopf ist Nebel. Der Bahnhof löst sich auf wie vollgesogene Taschentücher. Eine andere Geschichte taucht aus dem Nebel auf. Ein Baby liegt in einer Wiege. Das ist ein Wäschekorb mit Rädern. Die Sonne scheint. Das Baby heißt Murmeltier. Heißt auch Nick. Schreit. Jemand rollt die Wiege weg. Schließt eine Tür. Im Kopf ist eine Sackgasse. Nur wirre Angaben. Einzelne Daten fehlen. Zusammenhänge fehlen. Jemand fehlt. Elvira ist Waage. Hat dunkle Haare. Hat sie den Kinderwagen geschoben oder nicht? Vergessen. Andere Menschen erscheinen. Jürgen, 20. August 1923, verheiratet mit Martha, 12. August 25. Beide Löwe. Haben den Krieg mitgemacht. Glück gehabt, daß sie überlebt haben. Waren mehrmals ausgebombt. Nachname aus dem Gehirn gelöscht. Verwandt. Jürgen hat große gelbe Ohren, mit weißen Haar-

büscheln, ist fast taub. Martha redet zu laut. Jürgen und Martha sind Eltern. Eltern von Hans, 15. Mai 48, Stier. Sie passen zu ihm. Hans. Noch nicht alt, aber nicht mehr jung. Dazwischen. Hans, der andere. Wohnt im Haus. Adresse vergessen. Kein Straßenname. Nachname vergessen. Kommt wieder. Helga, 17. Januar 34. Steinbock, Krebs im Aszendenten. Mehr Krebs als Steinbock. Mutter, hat früher Hans zu ihr gesagt, jetzt sagt er Helga. Oder meine Schwiegermutter. Ihr Nachname war da, ist weg. Müller? Meier? Schmitt? Huber? Nein. Doch, Frau Schmitt, sagt die Krankenschwester. Helga, die Mutter. Hat nervöse Hände, immer in Bewegung. Trägt zwei Ringe an den Fingern. Der Ehering ist lose, weil die Finger dünn geworden sind. Weil der Mann gestorben ist. Ihre Knöchel, ein wenig angeschwollen. Ihre Augen haben keine Farbe mehr, seitdem sie alt ist. Ihre Haare auch nicht. Helga, die Großmutter von Nick. Oma, sagt er zu ihr. Oma, kannst du nichts anderes kochen? Nick. Der eine. Achtzehn Jahre alt. Noch nicht gemustert. Mag kein Militär. Würde dir guttun, sagt sein Vater. Ein wenig Disziplin. Nick. Geburtsdatum? Vergessen. Sternzeichen? Liebt Tatjana. Raucht Selbstgedrehte, weil sie billiger sind. Arno. Versucht immer wieder Rauchringe. Gelingen manchmal. 7.7.49. Arno. Krebs. Wer ist Arno? Der Name klingelt im Kopf wie ein Wecker. Abstellen.

Wer hat das Fenster offen gelassen, sagt Hans, als er am Sonntag abend zurückkommt.
Er geht durchs Zimmer, schließt das Fenster. Sein Jackett

riecht nach Frau. Nach Parfüm. Würzig, etwas schwer. Kein junges Mädchen Parfüm, nicht frisch. Der Geruch klebt wie Fettschwaden in der Luft. Dann geht er ins Bad. Kommt nach einer Weile zurück, bleibt vor dem Bett stehen. Riecht nach Seife. Hat seine Hände mit Seife gewaschen. Sein Geschlecht auch. Damit niemand die Frau an ihm riecht.

Ihr Mann war das ganze Wochenende weg, erzählt Helga, 17. Januar 34 geboren, der Krankenschwester Nelly, er war mit Freunden Skifahren.
Sind Sie sicher, daß es bloß Freunde waren? Kennen Sie die Leute?
Nein, sagt Helga.
Vielleicht hat er eine andere, sagt Nelly.
Das glaube ich nicht, sagt Helga, aber er ist so oft weg.
Das könnte schon sein, sagt Nelly, wenn die eigene Frau in dem Zustand ist, was bleibt dem Mann sonst übrig?
Helga, die Frau, mehr Krebs als Steinbock, schweigt.
Riechen seine Sachen nach Parfüm? fragt Nelly.
Nein, sagt Helga, also, weiß ich nicht. Aber er ist doch nie da. Er kommt abends immer später, und dann telefoniert er noch. Mitten in der Nacht.
Na dann, sagt Nelly, er hat bestimmt eine andere.
Das wäre furchtbar, sagt Helga, was soll ich denn tun?
Nichts, sagt Nelly. Solange er Ihnen nichts sagt, fragen Sie nicht. Glauben Sie mir. Lassen Sie ihn machen, was er will. Ein Mann braucht das, wissen Sie. Ich meine, Sex.
Sie senkt die Stimme, erzählt, daß ihr Bekannter auch ver-

heiratet sei. Nein, seine Frau ist nicht krank. Sie will nur keinen Sex. Seit Jahren will sie keinen Sex. Behauptet, sie hätte Rückenschmerzen. Oder keine Lust. Oder Migräne. Sie ist zu müde. Und wenn sie es doch tut, so ein- oder zweimal im Jahr, wenn er droht, sich scheiden zu lassen, dann macht sie nur die Beine breit und zählt, bis er fertig ist. Das hat ihr der Bekannte erzählt, daß sie zählt. Nicht laut, aber doch laut genug, daß man's hört.

Sie, Helga, können Sie es sich vorstellen, daß man beim Sex zählt? fragt Nelly. Können Sie sich vorstellen, wie der arme Mann sich dabei fühlt?

Helga antwortet nicht. Nelly erzählt weiter, sie hat nie in ihrem Leben gezählt, wenn sie mit einem Mann zusammen war. So was tut man nicht. Wirklich nicht. Kein Wunder, wenn die Männer danach nicht mehr können. Im Gegenteil, man muß sie ermuntern. Ihnen Schweinisches zuflüstern. Und laut stöhnen.

Was soll ich denn tun, wiederholt Helga.

Tun Sie so, als würden Sie nichts merken, sagt Nelly. Was ich nicht weiß, macht mich nicht heiß, Sie kennen den Spruch.

Schon, sagt Helga, aber trotzdem. Er ist doch verheiratet.

Und, sagt Nelly, was hat er davon?

Helga seufzt.

Ich kann den Mann verstehen, sagt Nelly. Da ist doch nichts dabei, wenn er ein bißchen Spaß zwischendurch hat.

Na ja, sagt Helga, darum geht es nicht, wenn es bloß so einmal im Monat oder so wäre, würde ich vielleicht nichts dagegen sagen, weil er soviel arbeitet, aber daß er nie mehr nach Hause kommt, das finde ich wirklich nicht gut. Er läßt uns ganz allein mit den Problemen, er könnte ein bißchen Interesse zeigen. Und sich manchmal zu ihr setzen. Sie ist immer noch seine Frau.

Sie müssen ihn verstehen, sagt Nelly, das ist wirklich kein schöner Anblick, das müssen Sie doch zugeben. Ich bin Krankenschwester, mir macht es nichts aus, aber die Männer, die sind empfindlich. Viele ertragen's nicht, wenn die Frau so sabbert. Oder in die Windeln macht. Sie können nicht hingucken.

Das macht mir nichts aus, sagt Helga. Aber ihre Augen, die ertrage ich nicht. Wenn sie mich anstarrt, als würde sie durch mich hindurchgucken. Als wüßte sie gar nicht, wer vor ihr steht. Manchmal denke ich, daß sie uns alle nicht mehr kennt, wenn sie so schaut.

Stimmt, sagt die Krankenschwester. An den Augen merkt man am besten, was los ist. Ob jemand noch da ist. Übrigens, nächste Woche müssen wir ihr wieder die Haare schneiden. Was sie für einen Haarwuchs hat, das gibt es gar nicht!

Eine Kralle am Hinterkopf, zieht, dreht den Kopf nach rechts und nach links. Tut weh. Nicht sehr. Ein wenig Spucke fließt aus dem rechten Mundwinkel.

Das geht nicht, Nelly. Der Junge will nicht.

Wie alt ist denn der Junge? fragt Nelly, läßt den Kopf los. Das Kinn fällt auf die Brust. Baumelt leicht von links nach rechts. Bleibt hängen. Die Krankenschwester hat Hühneraugen, an beiden Füßen, am vierten Zeh, und an den Fuß-

seiten sticht ein Knochen heraus. Gerötet. Die wunden Stellen umrahmt von den Riemen ihrer Sandalen. Ihre Zehennägel sind lackiert, der Lack blättert ein wenig ab.
Ich sage immer der Junge, aber er ist kein Kind mehr. Er ist schon volljährig. Vor kurzem achtzehn geworden. Und schon ziemlich reif für sein Alter.
Ach so, sagt die Krankenschwester. Und warum ist er nie da, wenn ich komme? Ach so, stimmt, er geht noch in die Schule. Aber bald sind Osterferien, da werden wir uns kennenlernen. Ich werde mit ihm ein Wort reden. Über die Haare. Wenn er volljährig ist und mitreden möchte, dann muß er auch etwas tun. Hilft er Ihnen überhaupt?
Schon, antwortet Helga. Er kauft fast alles ein. Und er redet mit ihr.
Worüber? fragt Nelly.

Die Krankenschwester möchte ihr wieder die Haare schneiden, sagt die Frau unten.
Das ist eine blöde Kuh, sagt Nick. Warum nicht alles gleich kahl rasieren, wäre doch praktisch. Sag ihr einen schönen Gruß von mir, Oma, sie soll die Finger davon lassen.
Die beiden essen allein zu Abend. Sie reden wenig miteinander. Manchmal hören sie Nachrichten und sagen kein Wort. Manchmal reden sie zwei Sätze über den anderen, Hans, der nicht da ist. Helga, die Frau, hat für ihn Wurstaufschnitt gekauft. Und geräucherte Putenbrust. Der Aufschnitt wird schlecht, weil er nicht kommt. Sie will keinen mehr kaufen, das ist herausgeschmissenes Geld, sagt sie.

Mir schmeckt das Zeug nicht, sagt Nick, Fleisch mag ich schon, aber dann müssen es richtige Stücke sein.
Er hat noch nie Aufschnitt gegessen. Und er ißt wenig, seit er verliebt ist. Er ist noch dünner geworden.

Ich habe den Aufschnitt wegwerfen müssen, sagt am nächsten Morgen Helga zu Hans, den hatte ich extra für dich gekauft, aber du kommst nie mehr zum Essen.
Ich hatte ein wichtiges Geschäftsessen, antwortet er. Was ist denn los mit euch, seid ihr schlecht gelaunt? Nick, du sagst gar nichts.
Was gab's zu essen? fragt Nick mit bemühter Stimme.
Seit wann interessierst du dich für das, was ich esse? fragt Hans, aber wenn du es wirklich wissen willst, wir waren im Roma, ich habe zuerst Vitello Tonnato genommen, danach Ossobuco mit Polenta, und dazu gab es einen herrlichen Brunello.
Er lügt. Erfindet Einzelheiten, erzählt von einem samtigen Grappa, von einer Tiramisù, die ihm fast zuviel war.
Du hättest anrufen können, sagt Helga. Möchtest du noch einen Kaffee?
Nein danke, antwortet er, ihr solltet halt nicht auf mich warten, zur Zeit haben wir dringende Firmenangelegenheiten zu besprechen, gestern, das war eine Krisensitzung wegen der allgemeinen Wirtschaftslage, Gott sei Dank haben wir gute Kontakte in der Branche, die Firma hat einen guten Ruf, das ist eine alteingesessene Firma, was will man mehr heutzutage, man kann schon zufrieden sein, wenn die Firma noch schwarze Zahlen schreibt.

Trotzdem, sagt Helga, du könntest einmal mit uns wieder zu Abend essen.
Ja, sagt er, mach ich. Und jetzt muß ich weg, weil um diese Zeit der Verkehr besonders schlimm ist, es gibt überall Staus. Unvorstellbar, daß sich die Menschen das jeden Morgen antun.
Fahr doch mit dem Rad, sagt Nick. Du hast es auch nicht viel weiter als ich bis in die Schule.
Übrigens, wie geht es in der Schule? fragt der andere. Alles in Ordnung?
Bestens, antwortet Nick.

Er lügt. Will nicht darüber reden. Nicht mit dem Vater.
Der Alte kann mich mal, sagt er am Telefon zu Tatjana. Den interessiert bloß sein Geschäftsumsatz. Der will immer nur wissen, ob alles in Ordnung ist, damit er sich um nichts kümmern muß. Er freut sich, wenn ich sage, es läuft prächtig. Von mir aus kann er jeden Abend mit seinen Firmenheinis saufen und fressen gehen. Er soll mich bloß in Ruhe lassen. Und angeblich hat er was mit seiner Sekretärin.
Ein Schulkamerad ist gekommen, um sich ein Erdkundeheft auszuleihen, und hat erzählt, daß er schon mehrmals den Vater mit einer Dunkelhaarigen gesehen hat.
Sie ist einigermaßen hübsch, sagte Phil, weißt du, sie trägt noch Miniröcke, obwohl sie gar nicht mehr so jung ist, ich kenne sie, sie wohnt bei uns im Haus, einen Stock tiefer, in einem Einzimmerapartment, sie heißt Marita Sommer.

Das ist seine Sekretärin, antwortete Nick, schon seit Jahren.
So eine hätte ich auch gern, sagte Phil, sie zieht sich ziemlich geil an, und wenn es heiß ist, sonnt sie sich nackt auf dem Balkon, von uns aus kann man sie sehen, wenn man sich weit genug nach vorne beugt, komm ruhig mal vorbei, Nick, ihre Titten sind eine echte Schau. Wenn sie mich fragen würde, täte ich nicht nein sagen. Aber für sie bin ich Luft.
Bist du sicher, daß es mein Vater war? fragte Nick.
Hundertprozentig. Der kommt fast jeden Tag.
Das glaube ich nicht, sagte Nick. Der ist gar nicht der Typ für sowas. Der ist so moralisch.
Alle Männer treiben es mit ihren Sekretärinnen, sagte Phil, das weiß doch jeder.

Der Körper sitzt im Sessel vor der offenen Balkontür. Vor der Birke. Sie ist jetzt grün, sehr grün. Nicht krank. Darf nicht gefällt werden. Meisen flattern zwischen den Zweigen, wie Kinder, die Verstecken spielen. Fang mich. Bin schon weg. Hellabetsch. Alle gleich. Albern. Kohlmeisen, Blaumeisen, Haubenmeisen, keine Nonnenmeise. Manchmal mischt sich ein Rotkehlchenpaar ein, kurz. Die Amsel kommt, kümmert sich nicht um den Kindergarten. Beobachtet die Umgebung von einem erhöhten Ast, hüpft auf die Balkonbrüstung, legt den Kopf schräg. Sie kommt jeden Tag, mehrmals, bis zur Türschwelle. Ein dunkelbraunes Amselweibchen kommt auch, nicht so nah. Blickt hinter sich, mißtrauisch. Fliegt davon. Lockt das Männchen weg, zurück in den Baum. Purzeln beide von Ast zu Ast. Das Holz bricht nicht. Beugt sich nach unten, gibt nach, richtet sich auf. Die Zweige zittern lange. Das Laub an den Zweigen noch länger. Keine Stille, keine Ruhe. Die Blätter immer in Bewegung. Nachts auch. Nachts flüstert die Birke. Hört denn niemand zu?

Kein Schlaf. Die Luft steht. Die Decke ist zu dick, zu warm, zu schwer. Der Rücken wird feucht, Schweiß fließt zwischen den Brüsten.
Es raschelt in den Zweigen. Die Decke wegschieben, davonfliegen. Verschwinden, nie wiederkommen.

Harte Finger greifen nach den Schultern. Schütteln vor, zurück, vor, zurück. Erschüttern den Oberkörper. Lassen ihn los. Die Decke rutscht nach unten, fällt auf den Boden. Nachthemd weiß, mit grünen Blättern, grünen Blumen, grünen Knospen. Mehrere Grüntöne, alle falsch. Zu grün, zu hell auf dem Flanell gedruckt. Der Stoff fusselt. Ist weich. Warm. Hände um die Schultern. Schütteln. Der Kopf baumelt. Tut nicht weh.
Mama, schreit Nick. Mama. Hör doch zu. Ich habe die beiden zusammen gesehen, er war mit Marita Sommer zusammen, hat sie im Auto abgeknutscht. Das Schwein geht fremd, verstehst du? Deswegen kommt er immer so spät nach Hause. Hörst du mich? Dein Mann betrügt dich! Bist du taub? Mach doch endlich das Maul auf. Laß dir das nicht gefallen. Scheiß ihn zusammen. Wehr dich. Wehr dich.

Geh sofort raus, schreit Helga, packt Nick von hinten, zieht ihn zurück. Laß sie in Ruhe. Ein Glück, daß sie nichts versteht. Was glaubst du denn, wie sie sich sonst fühlen würde! Mußt du ihr das erzählen? Willst du ihr noch mehr wehtun?
Ich hasse ihn, sagt Nick, läßt die Arme fallen.
Jetzt beruhige dich endlich, sagt Helga, wie kannst du sowas sagen, das ist doch dein Vater.
Nick geht auf den Balkon, stützt sich auf die Brüstung. Helga hebt die Decke auf, legt sie auf den Körper, streicht sie über den Knien glatt. Streicht über den Kopf.
Wir haben dich alle gern, Mone, sagt sie. Und dein Mann liebt dich, da bin ich mir ganz sicher, der Junge irrt sich, das stimmt nicht, was er gesagt hat. Der Hans ist ein guter Mann, Simone, der tut soviel für die Familie, das ist nicht seine Schuld, wenn er keine Zeit hat, das liegt wirklich nur an seiner Arbeit, deswegen ist er soviel weg, aber er meint es nicht böse. Du wirst sehen, das wird sich ändern, wenn es im Geschäft besser geht. Da bin ich mir ganz sicher.
Sie streicht über die Haare. Lächelt freundlich. Zuversichtlich. Falsch. Sie drückt die Hand auf der Decke, geht zu Nick auf den Balkon. Zieht ihn aus dem Zimmer. Sie flüstert hinter der Tür. Hat eine Sendung im Fernsehen gesehen, über Komafälle. Die Moderatorin hat gesagt, man muß mit ihnen reden, auch wenn sie nicht reagieren. Man muß tun, als wären sie ganz normal. Und man soll ihnen viel von früher erzählen, damit sie sich erinnern, ihnen Familienfotos zeigen, ihre Lieblingsmusik vorspielen, ihre Lieblingsspeisen auftischen. Und auch Märchen

erzählen. Rotkäppchen, Schneewittchen. Bei vielen hat es geholfen, sagt sie. Das hat sie ins Leben zurückgeholt. Helga ist aufgeregt, sie hat auch schon mit der Krankenschwester darüber geredet. Sie will etwas tun.

Sonst werden wir hier noch alle verrückt, sagt sie. Es muß etwas geschehen.

Ja, sagt Nick, das finde ich richtig, aber Oma, du darfst sie nicht anlügen.

Doch, sagt Helga, manchmal muß man lügen.

Als das Telefon klingelt, rennt Nick die Treppe hinunter, überspringt die fünfte Stufe.

Hallo, Tatjana, sagt er, wie geht es dir?

Schweigen, kichern, flüstern. Schweigen.

Oh ja, sagt er, verstehe, aber sicher, und wann?

Helga kommt ins Zimmer, berührt den Arm, lächelt.

Ich gehe jetzt in die Küche, Mone, sagt sie, ich muß bloß schnell nach dem Essen schauen, aber ich komme gleich wieder. Du wirst sehen, das wird dir schmecken.

Sie hat Kartoffeln aufgesetzt, dazu gibt es Quark mit Kräutern, alles ein wenig versalzen. Sie selber mag kein Salz, darf gar kein Salz essen, aber ihre Tochter, die Simone, die hat immer alles nachgesalzen, noch bevor sie gekostet hat, das hat sie der Krankenschwester erzählt. Und Nelly mit den durchsichtigen Blusen und den Büstenhaltern aus Spitzen hat ihr bestätigt, daß man das ruhig versuchen sollte, obwohl Salz im Grunde so ungesund sei. Schlecht für die Nieren. Vielleicht reagiert Ihre Tochter auf den Geschmack, hat Nelly gesagt. Man kann es nie wissen.

Die schwarze Amsel steht vor der offenen Balkontür. Hält den Kopf gerade, dann schräg und beinahe waagerecht. Sie blickt nach innen, einmal nach links, einmal nach rechts. Auf die karierte Decke. Auf die Schwelle, nur einen Sprung von ihren dünnen Beinen entfernt. Hüpft näher, hüpft auf die Metallschwelle. Ihre Krallen kratzen auf dem Metall, kratzen in den Ohren, wie in der Schule das Geräusch der Kreide auf der Tafel. Die Amsel dreht den Kopf, blickt in die Augen. Zögert, fliegt davon. Das Weibchen hält Wache auf der Balkonbrüstung, unruhig. Sie mag die offene Tür nicht. Hüpft Halbdrehungen auf der Stelle, späht vor, zurück, vor, zurück, vor. Wagt sich bis zur Tür. Blickt ins Zimmer.
Der Körper im Sessel bewegt sich nicht. Atmet kaum. Schließt die Augen. Hört nichts. Öffnet die Augen. Das Weibchen fliegt in die Birke. Kommt nicht zurück.

Mona, sagt Hans. Ich muß mit dir reden.
Hans hat Turnschuhe an. Weiße, neue. Sind ungewohnt. Er geht auf und ab im Zimmer. Kunststoff quietscht auf Parkett. Niemand ist im Haus, nur er. Auf dem Balkon hat das Amselpaar angefangen, ein Nest zu bauen. Die Tür steht offen. Der Wind läßt die Gardine flattern.
Mona, sagt Hans und räuspert sich.
Unten klingelt das Telefon. Hans stürzt aus dem Zimmer. Die Frau ist beim Friseur, Dauerwelle. Wenn sie zurückkommt, sieht sie fremd aus. Ein fremder Kopf. Locken aus Plastik. Sie riecht fremd. Ein anderes Parfüm. Falsch. Sie sieht sich im Spiegel an. Versucht, ihren Hinterkopf zu

sehen. Fragt jeden: Wie ist das? Zu kurz? Ich habe ihm doch gesagt, er soll nicht soviel abschneiden. Da, links oben, stimmt nicht, oder? Du siehst toll aus, das muß man sagen, die Frisur ist sehr gelungen, es steht dir gut mit den kurzen Haaren, das macht dich jünger. Man muß bestätigen, daß Daniel der beste Friseur in der Stadt ist, sogar der einzige, der etwas taugt. Zu Christine kann man nicht gehen, das sagt sie immer, sie ist viel zu modern, so wie sie die Haare schneidet, das ist nichts für die Kundschaft hier. Daß ihr Laden nicht schon längst bankrott ist, sagt die Frau immer, das ist doch ein Wunder. Ja, und zu den Siegels mag sie auch nicht mehr gehen, höchstens einmal oder zweimal im Jahr, so als gute Tat, weil es die beiden so schlecht haben, seitdem der Sohn mit dem Motorrad ...

Hans ist wieder da.

Das war Tatjana, sagt er. Kennst du Tatjana? Das ist wohl eine Schulkameradin von Nick, sie wollte die Hausaufgaben für Montag wissen.

Tatjana lügt. Wollte Nick. Traurig.

Hans steht vor der offenen Balkontür. Sieht hinaus.

Die Birke nimmt dir die Aussicht, sagt er. Man sollte sie fällen. So hättest du einen freien Blick. Du würdest den Himmel sehen, und wenn es Föhn gibt, bis zu den Bergen. Es liegt noch Schnee dort. Wir waren letztes Wochenende Skifahren.

Dreht sich um, halb. Sieht auf seine Hände.

Wir waren letztes Wochenende Skifahren, wiederholt er. Wir waren letztes Wochenende Skifahren. Der Schnee war nicht mehr so gut, aber die Sonne schien, und ... Weißt du, oben am Lift haben wir uns in die Sonne gelegt. Die Skier schräg in den Schnee gepflanzt, Anoraks darüber, wie im Liegestuhl. Gut, nach einer Weile hat man einen feuchten Hintern, aber was soll's!

Er dreht sich um. Die schwarze Amsel fliegt von der Balkonbrüstung nach oben.

Marita hat einen Sonnenbrand bekommen, sagt er.

Dreht sich zurück. Sieht in die Augen.

Mona, ich habe eine Freundin. Das ist alles, was ich dir sagen wollte. Du kennst sie. Meine Sekretärin, Marita.

Wartet. Verschränkt die Arme vor der Brust. Sein Gesicht dunkel im Gegenlicht.

Jeder normale Mann würde an meiner Stelle dasselbe tun, sagt er.

Seine Stimme ist rauh, kommt von weitem, kommt näher, wird lauter, höher. Schrill.

Es tut mir überhaupt nicht leid, im Gegenteil, ohne Marita würde ich hier ersticken.

Hörst du mir überhaupt zu? ruft er.

Er schüttelt den Kopf, zuckt mit den Achseln. Läßt die Arme fallen. Nutzlose Hände. Sieht auf seine Hände. Ballt die Fäuste zusammen.

Schwarze Amsel im Sturzflug. Hält einen Zweig im Schnabel. Verschwindet.

Mona, ich ... eh ... Ach, verdammt nochmal, ich weiß gar nicht, warum ich überhaupt noch herkomme und wie ein begossener Pudel vor dir stehe! Weißt du, wie ich mich fühle, Mona? Ich fühle mich beschissen. Und bloß wegen dir! Du bist keine Frau mehr, Mone, du bist ein Krüppel.

Genau. Hast du verstanden? Ein Krüppel. Du kannst froh sein, daß du nicht im Heim bist, da wärest du besser aufgehoben. Das wäre besser für uns alle, wenn du nicht hier wärest. Du hast keine Ahnung, wie du mein Leben versaust, Mona, das kannst du dir nicht vorstellen. Verdammt noch mal. Keine Sekunde ohne schlechtes Gewissen, wenn ich nicht da bin, fühle ich mich schuldig, weil ich deine Mutter und den Jungen allein mit dir lasse, und wenn ich hier bin, kann ich deinen Anblick nicht ertragen, Mona. Du bist wie ein Ding. Du rührst dich nicht, reagierst nicht, läßt das Kinn hängen, sitzt da mit offenem Mund wie der letzte Dorftrottel. Und du sabberst auch noch! Und weißt du, was das Schlimmste ist? Das sind deine Augen, Mona. Diese blauen Augen, die keinen Ausdruck mehr haben. Deine Augen sind tot, Mona, das ertrage ich nicht.

Hans schreit, greift sich in die Haare, schlägt sich auf die Beine, stampft mit dem Fuß.

Der Wind läßt die Gardine flattern. Keine Amsel. Nur die Birke. Die Zweige zittern.

Hans kommt näher, stützt sich auf die Armlehnen. Sein Gesicht ist nah, zu nah. Sein Atem riecht nach Kaffee mit Zahnpasta. Sein Mund, verkrampft. Seine Augen. Keine toten Augen.

Ich wünsche, du wärest tot, sagt er.

Weg. Knallt die Tür. Schwere Schritte auf der Treppe. Die fünfte Stufe knirscht. Das Fernsehen bringt Sportnachrichten. Boxen. Ist weit weg. Tut nicht weh. Tut nicht weh.

Hat sie schon gegessen? fragt Helga.
Nein, sagt Hans. Ich wollte ihr gleich etwas bringen, aber jetzt, wo du da bist.
Ich gehe schon, sagt Helga. Ich habe Erdbeeren zum Nachtisch gekauft. Sie sehen gut aus.
Ich muß weg, sagt Hans. Ich habe versprochen, um drei am Tennisplatz zu sein. Ich bin schon zu spät.
Tut mir leid, sagt Helga. Beim Friseur hat es länger gedauert.
Pause. Sie wartet auf ein Kompliment. Wartet umsonst. Hans schaltet den Fernseher aus.
Wie findest du's? fragt sie.
Was? Ah, deine Haare ... Ja, prima, sagt er. Sieht gut aus. Helga, was ich dich fragen wollte, wo bleibt denn Nick? Den Jungen sieht man nie mehr.
Du bist so selten da, sagt sie, deswegen siehst du ihn nicht. Also, Hans, ich will dir keinen Vorwurf machen, du hast sicher viel zu tun und so, aber ein bißchen mehr Zeit für uns könntest du schon aufbringen. Du bist im Grunde nie da. Nur zum Schlafen.
Ach bitte, Helga. Übertreibe nicht. Wo war ich heute? Hier. Ich habe den ganzen Morgen auf sie aufgepaßt, während du unterwegs warst und sich der Junge Gott weiß wo herumtreibt. Übrigens, ein Mädchen hat für ihn angerufen. Tatjana.
Ja, ja, die ruft oft an. Aber Hans, sagt die Frau, im Ernst, wenn du könntest, solltest du dich ein wenig mehr kümmern. Der Junge braucht dich. Besonders weil die Mutter ...

Laß uns bitte ein anderes Mal darüber sprechen, Helga, ich bin schon zu spät. Wo ist meine Sporttasche? Sie stand vorhin im Flur.
In der Abstellkammer. Ich habe sie aufgeräumt. Wann kommst du denn wieder?
Spät, sagt Hans. Spät.
Wenn du morgen zum Mittagessen da bist, hebe ich die Erdbeeren bis morgen auf. Einmal wieder ein Sonntagsessen, alle zusammen, das wäre doch schön, sagt Helga.
Ich weiß noch nicht, ob es geht, sagt er, wahrscheinlich nicht. Eßt lieber ohne mich.
Er knallt die Haustür zu.

Der Körper liegt auf dem Boden. Hart. Kalt. Ein Arm liegt unter der Brust eingeklemmt. Der Arm ist eingeschlafen. Der Boden riecht nach Wachs. Holz. Etwas kitzelt in der Nase. Staub.
Schritte kommen die Treppe hoch. Langsam. Helga, die Frau, die Mutter. Die fünfte Stufe knirscht. Die Frau bleibt vor der Tür stehen. Stöhnt. Öffnet die Tür. Schreit.
Simone! schreit die Frau, Hilfe!
Die Frau weint, wiederholt ununterbrochen den Namen. Ihre Stimme ist viel zu hoch, schrill wie eine Mädchenstimme, dann kippt sie, wird tonlos, heiser. Die Frau sitzt auf dem Boden. Ihre Hand streichelt Haare. Ihre Tränen fallen auf das Gesicht. Warm. Ihre Hand wischt die Tränen von der Wange. Ihre Hand greift nach der Hand auf dem Boden. Fühlt den Puls. Sie sagt den Namen, Simone. Flüstert ihn ins Ohr. Simone. Sie küßt die Wange, benäßt

sie mit ihren Tränen, drückt die Hand, umarmt den Oberkörper. Sagt Simone, meine Kleine.
Die Frau drückt, küßt, streichelt, schüttelt, drückt fester. Dreht den Körper um, blickt in die geöffneten Augen. Weint und lacht. Beugt sich hinunter, küßt das Gesicht.
Du lebst, ach Simone, meine Kleine, meine Liebe, du lebst.
Sie setzt sich auf, nimmt den Kopf mit beiden Händen, hebt ihn hoch, legt ihn in ihren Schoß. Streichelt die Haare vom Gesicht. Schließt die Augen. Summt Wiegenlieder. Ihre Haare riechen nach Chemikalien. Sind steif. Plastiklocken. Zu kurz.

Früher hat die Mutter die Haare lang getragen, hat sie einmal die Woche auf Lockenwickler eingedreht, ein Handtuch um den Kopf gebunden, um die Lockenwickler zu verstecken. Sie sah aus wie ein Wesen von einem anderen Planeten, mit übergroßem eckigem Kopf und kleinen Antennen. Während die Haare trockneten, hat sie sich die Nägel lackiert. Erst stand sie auf einem Bein, stellte den Fuß auf den Rand des Waschbeckens. Rubbelte die Sohle mit dem Bimsstein. Schnitt die Nägel. Setzte den Fuß ab, hob den anderen hoch. Rubbelte. Schnitt die Nägel. Setzte sich danach auf einen Hocker. Saß vor dem Spiegel, rieb ihre Füße mit einer Creme ein. Nahm ein Bein hoch, stellte den Fuß auf, feilte die Nägel. Wechselte. Steckte Wattebäusche zwischen die Zehen. Schüttelte das Fläschchen. Öffnete es. Trug den Lack auf. Die erste Schicht. Rot.

Das Mädchen liegt in der Badewanne. Warmes Wasser. Schaum, viel weißer Schaum. Plastikente, gelbes Schiff, blaues Schiff. Das Mädchen setzt sich auf, setzt eine Krone aus weißem Schaum auf den Kopf, spielt die Herrscherin der Meere. Hebt Fluten auf, versenkt die Schiffe. Zuerst das gelbe, das an einem Felsen zerschellt. Hör doch auf, Mone, sagt die Frau vor dem Spiegel, das spritzt bis hierher. Das Mädchen in der Badewanne hält die Ente unter Wasser, hält ihr den Schnabel zu, dreht ihr den Hals um, bis sie sich nicht mehr bewegt. Wirft die tote Ente in eine rote Plastikschüssel, zu den Goldfischen, die auch schon lange tot sind. Die Herrscherin der Meere taucht in die Tiefe, rettet den Kapitän des blauen Schiffes, der bewußtlos auf dem Meeresgrund liegt. Sie löst die Algen aus seinen langen Haaren, küßt ihn auf die Lippen, bis er aufwacht und ihr seine Liebe gesteht. Dann taucht sie wieder unter, rettet einige Matrosen, aber nur weil der Kapitän sie darum bittet. Die Herrscherin der Meere trägt die Schiffbrüchigen auf eine eben aus den Fluten aufgetauchte Insel, die wie ein Totenkopf aussieht, und vergißt sie auf ihrem kahlen Knie mit der halbmondförmigen Narbe.

Das Bad stinkt nach Nagellack und noch mehr nach Nagellackentferner. Jeden Samstag säubert die Frau vor dem Spiegel die Nägel ihrer Finger damit, bevor sie sie neu lackiert, immer mit derselben Farbe, Korallrot, sagt die Frau, nein, Karotte aus der Dose, sagt das Mädchen in der Badewanne. Komm aus dem Wasser, du wirst dich noch erkälten, sagt die Frau, die Augen auf ihre Fingerspitzen gerichtet. Das Mädchen versenkt das Knie, der Kapitän und die Matrosen ertrinken jämmerlich, sie taucht unter, ihre Ohren sind voller Wasser, sie hört nichts, weder die Stimme der Frau vor dem Spiegel, noch die Hilfeschreie der sterbenden Seeleute. Das Mädchen spielt jetzt Wasserleiche. Ist eine Wasserleiche. Treibt reglos im Wasser, Augen geschlossen. Taucht unter. Fühlt die Schwere. Öffnet die Augen. Sieht den eigenen Körper, die blasse Haut, den nach innen gewölbten Bauch, die Beckenknochen, in die sich die Finger graben, sieht die haarlose Scham. Die Härchen auf den Armen sind aufgerichtet, daran kleben hunderte, tausende winziger Luftbläschen. Kalt. Die Haut der Fingerkuppen durchfurchen tiefe Rillen, die Haut ist weiß, tot. Wenn das Mädchen in die weißen Stellen beißt, spürt sie nichts. Der Mund läßt Luftblasen nach oben, einzelne, und dann ganze Trauben, bis die Lunge leer ist, und das Mädchen taucht nach Luft grapschend aus der Wanne, Mund und Augen weit aufgerissen. Sie atmet nur mit dem Mund, um den Gestank des Nagellacks nicht zu riechen.

Die Frau vor dem Spiegel schüttelt ihre roten Korallenhände. Bläst vorsichtig auf die Nägel. Entfernt die Wattebäusche zwischen den Zehen. Bläst auf den Daumennagel. Blättert mit gespreizten Fingern in einer Zeitschrift. Blickt in den Spiegel. Sieht das Mädchen mit weit aufgerissenem Mund. Mona, sagt sie, das reicht jetzt. Seif dich ein. Wasch dir die Haare. Nimm den Eiershampoo, den gelben, nicht den grünen, der ist gegen Schuppen, in deinem Alter hat man noch keine Schuppen, der ist zu scharf für deine

Haare. Und nimm nicht zuviel davon, ein Klecks reicht. Die Frau läßt die Zeitschrift fallen. Prüft, ob sie die letzte Schicht Nagellack schon auftragen kann. Hebt die Zeitschrift auf.
Der Schaum brennt in den Augen. Das Mädchen fährt mit einem Stück Seife unter die Arme, zwischen die Beine, läßt die Seife entgleiten. Ihre Finger befühlen die Spalte. Ein Finger wandert vorsichtig in die Spalte hinein. Weiter, bis zum Hintern. Mone, rügt die Frau. Wie lange brauchst du noch?
Das Mädchen zieht den Badestöpsel heraus. Sie hat Gänsehaut. Das Wasser aus der Dusche ist zu warm, zu kalt, zu warm, und endlich richtig. Es fließt in die Augen, in die Ohren, den Hals entlang, kitzelt unter den Armen, blubbert im Nabelloch, prickelt heiß an ihrer Spalte. Mone! ruft die Frau. Der Schaum rutscht an den dünnen Beinen hinab. Die Füße zerdrücken die letzten Seifenblasen in der Wanne, schieben das Wasser in den Abfluß, bis nichts mehr übrigbleibt.
Um Gottes willen, ruft die Frau, sieh mal diesen Dreckrand an! Das gibt es gar nicht! Wie kannst du so schmutzig sein, Kind! Und du klapperst mit den Zähnen! Wann wirst du endlich vernünftig? Trockne dich erst ab, aber vergiß nicht, die Wanne zu putzen. Gleich gibt es Tee und Kekse.
Schwarzen Tee, dünn, mit viel Zucker. Russischen Tee. Tee aus Grusinien. Die Zähne klappern noch. Ist Grusinien in Rußland? Weiß ich nicht, trink deinen Tee, solange er warm ist, iß deine Kekse. Runde Kekse mit einem

Loch in der Mitte, Hagelzucker darauf. Das Mädchen ißt die ganze Packung, hebt die Zuckerkörner vom Küchentisch mit der Fingerkuppe, leckt ihre Finger. Jeden Samstagnachmittag.
Später, wenn der Mann der Frau kommt, kneift er dem Mädchen in die Wange, manchmal gibt er ihr einen Klaps auf den Hintern. Dann küßt er die Frau und bewundert sie. Ihre frischen Locken. Ihre roten Krallen. Ihr neues Kleid. Der Mann hat glänzende Augen, leckt sich die Lippen, wenn er die Frau ansieht. Die Frau wird rot. Sagt: Aber Horst. Und: Pssst. Zeigt auf das Mädchen. Der Mann lacht. Sagt etwas wie: Sie ist selber bald soweit. Noch drei, vier Jahre. Der Frau ist es peinlich. Das Mädchen findet es halb angenehm, halb unangenehm. Sagt nichts. Die Frau beugt sich über sie, riecht nach Parfüm. Sie küßt die Wange des Mädchens. Hat Lippenstift aufgetragen. Schau nicht zu lange fern, sagt sie. Wenn die beiden endlich das Haus verlassen haben, setzt sich das Mädchen vor den Spiegel im Bad, wischt die Lippenstiftspur der Mutter ab und betrachtet sich. Zuerst angezogen, dann nackt. Überall. Auch zwischen den Beinen. Bald ist sie selber soweit. Noch drei, vier Jahre.

Helga, die Mutter. Die Mutter hat den Körper mit der karierten Wolldecke zugedeckt. Sie hält den Kopf in ihrem Schoß, verlagert das Gewicht. Sucht eine bessere Stellung. Schiebt den Kopf ein bißchen tiefer. Sagt, bald kriege sie einen Krampf im linken Oberschenkel. Sagt, ihr Rücken

tue weh. Streichelt die Haare, flüstert immer wieder den Namen, sieht dabei hinaus zur Birke. Sieht nichts. Ihre Augen sind voller Wasser.
Draußen auf der Straße klingelt die Fahrradklingel. Fröhlich. Nick kommt nach Hause, ist nicht allein. Redet.
Helga, die Mutter, wiegt sich hin und her, wiegt den Kopf auf ihrem Schoß, summt leise Kinderlieder, die Worte hat sie vergessen.
Oma, ruft Nick unten im Haus, wo bist du? Ich habe Besuch mitgebracht!
Hier, schreit Helga, Hilfe! Nick, komm, schnell.
Arme greifen den Körper, setzen ihn auf. Die Augen wandern bis zur Tür. Das Gesicht eines Mädchens. Blaß, mit dunklen Augen. Die Herrscherin der Meere. Sie kommt aus Grusinien.
Das ist Tatjana, sagt Nick. Tatjana, das ist meine Mutter. Und das ist meine Oma. Hilf mir, Tatjana.
Das Mädchen kommt herein, artig. Lächelt nicht. Beugt sich, greift rechts dem Körper unter die Achseln, Nick greift links.
Jetzt, sagt Nick.
Zusammen heben sie den Körper. Halten ihn aufrecht. Drehen ihn halb um, zur Balkontür, zur Birke.
Das war furchtbar, sie so zu finden, sagt Helga und steht mühsam auf. Ich weiß nicht, was geschehen ist. Sie kann sich doch gar nicht bewegen.
Im Kopf schiebt sich der Fuß nach vorne. Möchte gehen. Hinaus. Zur Birke, zur Amsel. Davonfliegen. Nie wiederkommen.

Und ich war allein im Haus, fährt Helga fort. Wenn ich daran denke, was alles hätte geschehen können!
Wo ist Vater? fragt Nick.
Der Fuß schiebt sich nach vorne. Wenige Millimeter über die Parkettrille.
Da, zeigt Tatjana auf den Fuß. Da! Er hat sich bewegt!
Was? fragt Nick.
Er hält den Körper fester, macht einen halben Schritt nach vorne, zieht den Körper mit.
Der andere Fuß schleift auf dem Boden.
Dein Vater ist Tennis spielen, sagt Helga, ach Nick, ich bin so froh, daß du da bist. Ich weiß gar nicht, wie das passieren konnte.
Vielleicht hat sie versucht aufzustehen, sagt Nick. Möchtest du stehen, Mama?
Setzt sie doch in ihren Sessel, sagt Helga. Laßt uns nach unten gehen. Ich brauche eine Tasse Kaffee.
Gleich, sagt Nick. Komm, Mama, schau, du stehst. Ist sie dir zu schwer, Tatjana?
Nein, nicht schwer, sagt die Herrscherin der Meere. Sie ist leicht.
Der Fuß schiebt sich auf dem Boden. Richtung Fenster. Zu wenig. Zu schwer.
Du hättest mir sagen können, daß du jemanden mitbringst, sagt Helga, ich hätte einen Kuchen gebacken.
Nicht nötig, sagt Nick. Tatjana wollte nur Mama kennenlernen.
Ich habe Erdbeeren gekauft, sagt Helga. Ich mache uns eine gute Tasse Kaffee und Erdbeerspeise dazu. Ich rufe

euch, wenn ich fertig bin. Ich glaube, es ist noch Sahne da.

Laß dir Zeit, sagt Nick. Ruhe dich ein wenig aus. Wir haben eben ein Eis gegessen, wir haben keinen Hunger.

Helga, die Mutter, geht die Treppe hinunter. Die fünfte Stufe knirscht.

Der Körper steht, steht nicht. Hängt. Wird gestützt. Der Kopf kippt nach unten, richtet sich auf. Die Augen sehen die Birke. Im Kopf macht der Fuß einen Schritt nach vorne. Auf dem Boden rutscht die Fußspitze eine Ameisenbreite nach vorne. Viele Ameisen bis zur Schwelle. Zu viele. Der Kopf kippt zur Seite, baumelt. Speichel aus dem Mundwinkel. Der Körper fällt nicht. Wird festgehalten.

Die Herrscherin der Meere und Nick, der Schiffbrüchige, den sie eben gerettet hat, tragen den Körper bis zum Sessel, setzen ihn ab, decken ihn zu, schieben ein Kissen in den Rücken, wischen die Spucke vom Mund.

Glaubst du, sie wollte aufstehen? fragt Nick.

Sie war eine schöne Frau, sagt die Herrscherin der Meere. Wenn ihre Haare wieder lang sind, wird sie wieder schön. Wenn sie gehen kann, noch schöner.

Sie kann aber nicht gehen. Sie ist gelähmt.

Der Fuß nicht, sagt Tatjana.

Hast du etwas gesehen? fragt Nick. Hast du wirklich etwas gesehen?

Die Herrscherin der Meere nickt. Neigt sich zu dem Gesicht. Mittelscheitel. Dunkle Augen, sehr nah. Grusinien.

Möchten Sie laufen? fragt sie, sehr höflich.

Der Mund bildet eine Antwort. Langsam.

Möchten Sie sprechen? fragt sie, sehr höflich.
Birke, will der Mund sagen, Birke.
Geht nicht. Bleibt stumm. Wasser steigt in die Augen.
Wir helfen Ihnen, sagt die Herrscherin der Meere, richtet sich auf, nimmt die Hand des Schiffbrüchigen.
Von unten ruft Helga, die Mutter, daß der Kaffee fertig sei.

3

Frau Dehmel, das ist Mona. Mona, ich möchte dir Frau Dehmel vorstellen, Schwester Nelly ist in Urlaub, erinnerst du dich? Frau Dehmel ist auch Krankenschwester, sie wird sich um dich kümmern, nicht wahr, Frau Dehmel?

Ein gedrungenes Etwas steht mitten im Zimmer. Hat eine weiße Haube, einen weißen Kittel, weiße Strümpfe, weiße Sandalen an. Ist fast ganz weiß. Hat nur graue Stoppelhaare unter der Haube und dunkle stechende Knopfaugen.

Hmm. Hmm, sagt die Weiße. Wo ist die Waschschüssel? Zeigen Sie mir, was ich brauche, und dann lassen Sie mich bitte schön allein mit der Patientin. Ich arbeite nicht gern, wenn mir jemand auf die Finger schaut.

Aber, sagt Helga, die Mutter, ich bin immer dabei, wenn Schwester Nelly...

Jeder hat seine eigenen Methoden, unterbricht die Weiße. Ruhen Sie sich lieber aus, legen Sie die Füße auf das Sofa. Wenn ich weg bin, haben Sie immer noch Arbeit genug.

Das können Sie wohl sagen, sagt Helga. Besonders weil ich fast den ganzen Tag allein mit ihr bin.

Mmm, brummt die Weiße. Wo ist das Bad?

Hier entlang, antwortet Helga. Kommen Sie. Hier ist es, neben dem Kinderzimmer. Das war früher die Rumpelkammer, da schlafe ich jetzt. In diesem Schrank ist die

Wäsche. Und hier ist das Schlafzimmer vom Hans, das ist mein Schwiegersohn, das ist ein guter Mann, aber er ist nicht oft zu Hause, er arbeitet dauernd, deswegen bin ich fast immer allein. Und da wohnt der Junge, der hat auch nicht viel Zeit, mit der Schule und so, da schauen Sie lieber nicht rein, Frau Dehmel, das ist immer so unordentlich.

Was ist das? unterbricht die Weiße. Frau Dehmel.

Ach das, antwortet die Frau, das ist die Klappe zum Speicher. Ich war noch nie oben. Ich glaube, da steht nur Gerümpel herum. Alte Möbel, die Spielsachen vom Kleinen, keine Ahnung. Hier ist die Stange, um die Leiter hinunterzulassen. Aber ich will gar nicht hinauf, wissen Sie, das ist mir zu steil, und außerdem mag ich weder Speicher noch Keller, ich habe ein wenig Angst, Sie nicht?

Frau Dehmel antwortet nicht, sagt nur, daß sie nicht ewig Zeit habe.

Entschuldigung, sagt Helga. Ich gebe Ihnen die Sachen.

Sie bringt saubere Handtücher und ein frisches Nachthemd ins Zimmer. Geht. Geht nach unten, langsam, geht Stufe für Stufe hinunter. Die fünfte Stufe knirscht. Sie geht in die Küche, läßt die Tür offen. Schenkt sich einen Sherry ein.

Helga, die Mutter, ist nicht glücklich. Schwester Nelly fehlt ihr jetzt schon, das hat sie gesagt. Schwester Nelly hat drei Wochen Urlaub. Zuerst besucht sie ihre Mutter im Schwarzwald, dann fliegt sie für ein paar Tage mit ihrem Bekannten nach Lanzarote. Sie hat versprochen, eine Postkarte zu schicken. Die Frau des Bekannten ist für sechs Wochen auf Kur an der Ostsee, weil sie Asthma hat. Sie ist immer krank, hat Nelly erzählt, sie hat Asthma, und dann tut ihr ständig etwas weh, mal der Rücken, mal dies, mal das. Und das ist nicht alles, weißt du, Helga, man kann krank sein, und trotzdem nett, aber seine Frau, die ist furchtbar. Wenn mein Bekannter zu ihr nach Hause kommt, muß er sich auf die Couch setzen und ihr eine halbe Stunde zuhören. Muß sich ihr Gejammer anhören. Wo es überall weh tut. Welchen Arzt sie besucht hat. Was er gesagt hat. Welche neuen Pillen sie nehmen muß. Welche Nebenwirkungen sie haben. Danach kann er sich sein Essen selber richten. Sie liegt den ganzen Tag herum, krümmt keinen Finger, nörgelt, stöhnt und bemitleidet sich, während er sich abrackert, um ihr ein faules Leben zu ermöglichen. Und es kommt noch dicker: Der arme Mann muß am Wochenende noch den Haushalt führen! Stell dir das vor, Helga, was würde dein Schwiegersohn sagen, wenn er auch noch staubsaugen und Wäsche waschen müßte! Nein, hat Helga gesagt, das mach ich alles. Der muß im Haushalt keinen Finger krümmen. Und die Mone, die ist vielleicht krank, aber die beklagt sich nie. Stimmt, hat Nelly gelacht, die beklagt sich nie, und wenn er es mit ihr machen wollte, würde sie auch nicht nein sagen, nicht jammern, daß ihr der Rücken wehtue. Er könnte ihr sein Ding reinstecken, da würde sie keinen Mucks sagen. Das finde ich nicht lustig, hat Helga gesagt. Na ja, hat Nelly gesagt, ich habe es nicht böse gemeint, aber du hast keine Ahnung, Helga, wie viele Perverse es gibt, die es mit Behinderten treiben. Neulich habe ich eine

Anzeige gelesen, unter Bekanntschaften, und weißt du, was drinnen stand? Sechsundzwanzigjähriger Student sucht Frau mit großer Oberweite, gern behindert, in Klammern amputiert, Übergewicht bis hundertfünfzig Kilo angenehm. Das kann doch nicht wahr sein, hat Helga gesagt.

Wasser läuft. Im Bad füllt die Krankenschwester, Frau Dehmel, die Waschschüssel. In der Küche spült Helga, die Mutter, dann füllt sie die Gießkanne. Geht ins Wohnzimmer. Gießt die Pflanzen.

Ein Usambara-Veilchen, einen Gummibaum, einen Hibiskus. Der Gummibaum ist alt und rankt sich um das ganze Zimmer. Das Usambara-Veilchen hat Nick seiner Mutter zum Muttertag geschenkt, als er sieben Jahre alt war, seit elf Jahren hat es nicht mehr geblüht. Darf nicht weggeschmissen werden. Der Hibiskus ist neu, Hans hat ihn Helga geschenkt, als Dank, weil sie sich für die Familie aufopfert, das hat sie Mone erzählt, als sie ihr den Hibiskus gezeigt hat, mit seinen zwölf blutroten Blüten. Jetzt macht sie sich Sorgen, weil die Knospen abfallen, ohne sich zu öffnen.

Die Krankenschwester, Frau Dehmel, kommt ins Zimmer. Trägt die Waschschüssel vor sich, stellt sie ab, schließt die Tür. Kämmt, putzt die Zähne, wischt den Dreck aus den Augenwinkeln, hinter den Ohren. Unterm Kinn hört sie auf. Zieht das Nachthemd aus, das Höschen, die Socken. Spricht nicht.

Draußen auf der Straße heult der Motor eines Autos auf. Die Krankenschwester geht auf den Balkon. Zündet sich

eine Zigarette an. Raucht. Läßt die Asche fallen. Bleibt draußen.
Der Körper im Zimmer ist nackt. Ein Tropfen Wasser rinnt den Hals entlang. Kitzelt. Warme Luft auf dem Bauch. Eine Fliege auf dem Unterschenkel. Kitzelt. Den Fuß heben. Das Bein schütteln. Geht nicht. Die Fliege hastet bis zum Knie, hält vor der halbmondförmigen Narbe an. Reibt ihre Vorderbeine aneinander. Hastet weiter. Den Oberschenkel herauf. Es kitzelt. Die Hand heben. Die Fliege verjagen, bevor sie das Geschlecht erreicht. Die Hand hängt am Unterarm, hängt am Oberarm, hängt an der Schulter. Knochen, Sehnen, Muskeln. Und Nervenbahnen bis ins Gehirn.

Das Gehirn ist die Schaltzentrale des Menschen, sagt die Lehrerin, deswegen gilt der Mensch als tot, wenn sein Gehirn nicht mehr arbeitet, auch wenn er noch atmet. Sie nimmt den Plastikkopf vom Regal, stellt ihn vor sich auf das Pult, reißt die halbe Schädeldecke ab. So sieht es aus, sagt sie. Alles, was der Mensch denkt, fühlt, tut, all seine Fähigkeiten sind hier. Bei mir nicht, sagt jemand. Bei mir ist das im Herzen. Hier. Eine Hand legt sich auf eine gebügelte, geblümte Bluse, links, wo es klopft. Dann setzt das Lachen ein. Die Lehrerin fängt als erste an, zeigt ihre Zähne, und ihre spitze Stimme purzelt die Tonleiter hinab, und die ganze Klasse lacht mit, klopft auf die Tische, steigt auf die Bänke, wirft Papierkugeln in die Luft. Jemand hört das Lachen nicht, nur das Herz, das im Hals schlägt, in den Ohren schlägt, im Kopf schlägt. Jemand hat Tränen in den Augen. Und jetzt weint sie noch, prustet ein Junge. Heulsuse, Heulsuse. Ruhe, schreit die Lehrerin, Ruhe. Wenn ihr nicht gleich still seid, schreiben wir ein Extemporale. Die Lachwelle sackt abrupt zusammen, einzelne gluckern und kichern noch ein wenig, schlucken das Lachen hinunter. Simone, sagt die Lehrerin, komm her und sieh es dir an. Ein Mädchen, vielleicht zwölf Jahre alt, steht auf, geht nach vorne. Der Plastikkopf ist offen. Die Lehrerin nimmt die Teile auseinander, gibt sie dem Mädchen, das sie hochhalten soll, damit sie die Schüler sehen. Als die Klingel ertönt, sagt die Lehrerin, Simone soll den Kopf zusammensetzen, bevor sie geht, und alle fangen wieder zu lachen an. Das Mädchen bleibt allein im Klassenzimmer. Allein in der Schule. Alles ist still. Gehirnteile liegen auf dem Tisch. Das Mädchen Simone, das ungefähr zwölf Jahre alt ist, eine gebügelte Bluse mit Blumen und Kniestrümpfe trägt, setzt die Teile sorgfältig zusammen, bis der Kopf wieder ganz ist, zuletzt kommt die halbe Schädeldecke darauf. Sie stellt den Kopf ins Regal. Tote Plastikaugen starren zurück. Das Leuchten der Augen ist nur ein weißer Fleck, gemalt. Die Lippen sind zu einem steifen Lächeln gekrümmt. Das Mädchen zieht den Plastikkopf zu sich heran, drückt ihn gegen die Brust, küßt ihn auf die Lippen, leckt seine blinden Augen, steckt ihre Zunge in seine tauben Ohren. Was tust du hier, fragt eine Männerstimme. Der Kopf fällt auf den Boden, zerfällt in seine Einzelteile. Sie bleiben liegen.

Der Körper sitzt im Sessel. Sein Herz schlägt, springt, trommelt, hält an. Schlägt. Beruhigt sich. Seine Haut spürt. Wärme. Eine Fliege. Ist auf dem linken Knöchel. Bleibt da. Geht nervös hin und her, bleibt stehen, geht, bleibt stehen. Reibt die Vorderbeine, reibt die Hinterbeine. Geht. Erkundet den Fuß. Saugt. Eilt die Fußwölbung entlang. Saugt. Kitzelt. Die Fliege, ein schwarzer Fleck, der weg muß. Das Gehirn sagt, den Fuß heben. Nichts geschieht. Das Gehirn sagt, den Fuß heben. Die Worte ziehen los, eilen die Nervenbahnen entlang, verirren sich an Kreuzungen, wechseln die Richtung. Gehorchen nicht. Das linke Augenlid zuckt, es kribbelt im linken Ellbogen, die Handknöchelchen brennen, Sackgasse! Der Daumen senkt sich. Das Gehirn sagt: Den Fuß heben! Das Gehirn befiehlt: Den Fuß heben, heben! Die Worte purzeln durch die Gedärme, steigen in den Nacken hinein, fliegen über die Schädeldecke, klettern das Nasenbein hinunter, stürzen ab. Gehorchen nicht. Das Gehirn bettelt, fleht, bitte, den Fuß heben, bitte, den Fuß heben, bitte, bitte. Die Fliege verheddert sich in den Schamhaaren, befreit sich, überquert rasch den Bauch, spaziert die Rippenleiter hoch, als sich der Fuß einen Millimeter weit zur Seite schiebt. Erschöpft.

Frau Dehmel kommt ins Zimmer. Verjagt die Fliege. Geht herum. Riecht nach Rauch und nach Säuerlichem, unter den Armen, riecht nach Säuerlichem aus dem Mund. Nimmt ein Metalldöschen aus der Tasche, öffnet es, nimmt eine weiße Kugel heraus, steckt sie in den Mund, saugt daran. Riecht nach künstlichen Veilchen aus dem

Mund. Sie betrachtet das Zimmer, die Wände, die Decke. Fährt mit einem Finger über das Regal, betrachtet den Staub an ihrem Finger. Bückt sich, um unters Bett zu schauen. Öffnet die Schubladen der Kommode. Öffnet die Schranktür, schiebt die Kleider auseinander, schiebt die Hand in die Taschen der Kleider. Hebt die Schreibplatte vom Sekretär hoch, hält sie, blättert mit einer Hand in den Papieren. Wühlt. Zieht ein Foto aus einem Briefumschlag, sieht es an, steckt es wieder hinein. Klappt die Schreibplatte zu. Trockenes Holzgeräusch. Sie öffnet die Tür zum Flur. Der Boden knarrt unter ihren weißen Sandalen.

Brauchen Sie mich, Frau Dehmel? ruft Helga von unten.

Nein, antwortet Frau Dehmel, ich bin gleich fertig.

Sie kommt zurück, verjagt die Fliege, die an der Innenseite des linken Armes saugt. Fährt mit dem Waschlappen unter die Arme, rechts, links, unter die Brüste, schnell, schnell. Zieht den Körper mit einem Ruck hoch, wischt zwischen den Beinen, wischt am Hintern. Läßt den Körper los, der zurück in den Sessel fällt. Stellt sich breitbeinig davor.

So, sagt sie, das wär's. Nur noch eins. Hör mir gut zu. Stimmt das, was die über dich erzählen? Daß du einen Schock erlitten hast und seit dem letzten Sommer das Maul nicht aufmachst und keinen Finger krümmst. Stimmt das?

Frau Dehmel starrt das Gesicht an. Lächelt nicht. Beugt sich nach vorne. Auf ihrer Oberlippe ist ein Labyrinth von winzigen Falten und Rillen. Sie stützt sich mit beiden Armen auf den Seitenlehnen. Ihr Kopf in gleicher Höhe.

Dicke Augen hinter der Brille. Fischbäuche an der Wasseroberfläche. Mundgeruch mit Veilchen.

Antworte!

Eine Hand zwischen Arm und Brust. Finger in den Achselhaaren. Zwicken. Fest. Fingernägel drängen ins Fleisch. Schreien. Das Gehirn sagt, schreien. Mund öffnen. Schreien. Geht nicht.

Tss, tss, sagt Frau Dehmel. Manchmal wirkt es. War nur ein Versuch. Du brauchst keine Angst vor mir zu haben. Ich tue dir schon nicht weh.

Sie fährt mit der Hand über die Haare, die Wange entlang. Hat Schwielen. Richtet sich auf.

Frau Schmiiiiitt, ruft sie, kommen Sie bitte.

Die fünfte Stufe knirscht.

Ja? fragt Frau Schmitt, Helga.

Sie haben mir ein Nachthemd für Ihre Tochter gegeben, Frau Schmitt, das finde ich nicht so gut. Die Leute muß man tagsüber anziehen. Und an Ihrer Stelle würde ich überlegen, ob Sie Ihre Tochter nicht eher im Erdgeschoß unterbringen können, daß man sie mal in den Garten schieben kann.

Das geht nicht, sagt Helga, unten ist kein Platz. Da sind nur das Wohnzimmer und die Küche. Das geht auf keinen Fall. Nicht im Wohnzimmer. Sie hätte da keine Ruhe, wissen Sie, wegen des Fernsehapparats.

Wie Sie meinen, sagt Frau Dehmel. Im allgemeinen sehen die Behinderten gern fern. So, als Ersatzleben. Aber ich verstehe, daß Sie sie lieber oben halten wollen, wo sie niemand sehen kann.

Das ist es nicht, sagt Helga. Es kommt sowieso schon lange keiner mehr zu Besuch, seit sie krank ist. Wir leben ziemlich zurückgezogen, nur die Familie halt.
Manchen Leuten ist es peinlich, so einen Fall in der Familie zu haben, sagt Frau Dehmel.
Das ist es auch nicht, protestiert Helga. Aber wenn sie richtig krank wäre, hätten wir es ja leichter. Verstehen Sie, wenn man nur wüßte, was sie hat, was mit ihr los ist. Wenn uns jemand sagen würde, was man tun kann, damit sie wieder normal wird. Wenn es nur Medikamente für so was gäbe!
Tja, sagt Frau Dehmel. Es gibt halt keine. Aber vielleicht wird's wieder. Man muß Geduld haben.
Wir warten schon so lange, sagt Helga und schnieft. Über ein Jahr ist es her, und es tut sich nichts. Rein gar nichts. Ich glaube nicht mehr dran. Sie kann noch fünfzig Jahre in dem Zustand bleiben.
Tja, sagt Frau Dehmel noch mal, ein Jahr ist nicht sehr lang. Aber wenn ich ehrlich bin, Frau Schmitt, ich weiß nicht, was ich tun würde, wenn meine Tochter so was hätte. Ich würde sie wahrscheinlich ins Heim geben. Gott sei Dank habe ich keine Kinder. Man hat weniger Sorgen. Aber wenn es zu schwer für Sie wird, sollten Sie sich das schon überlegen. Es gibt auch gute Häuser, wirklich.
Ja, ja, sagt Helga. Sie war schon in einem Heim, wissen Sie, aber da hat man sie nur im Bett gelassen, und die anderen Leute, das waren lauter Alte, kurz vorm Sterben, das war nicht schön. Und einmal, als ich sie besucht habe, war ein junger Arzt bei ihr, ein ganz junger, der hat ge-

sagt, wir sollten sie nach Hause nehmen, weil sich im Heim niemand um sie kümmert, und vielleicht wird es wieder, wenn sie zu Hause ist, das hat er gesagt. Und bei der Entlassung haben wir erfahren, daß das gar kein Arzt war, sondern ein Zivi. Die richtigen Ärzte haben gesagt, wir sollen uns lieber gar keine Hoffnung machen, aber es war zu spät, um sich das anders zu überlegen, ihr Bett war schon vergeben. Und jetzt versuchen wir, was wir können. Also ich, hauptsächlich.

Ich suche Ihnen ein paar gute Adressen heraus, sagt Frau Dehmel. Falls Sie nicht mehr wollen. Sie könnten sie vorsichtshalber anmelden, das schadet nichts, man muß sowieso warten, bis man einen Platz bekommt. Und wenn Sie sie dringend loswerden wollen, wissen Sie, können Sie immer jemandem einen bißchen Bargeld für die Hilfe in die Hand drücken, wenn Sie sich's leisten können.

Ach, sagt Helga, das wäre nicht das Problem.

Habe ich mir gleich gedacht, bei dem schönen Haus. So, Frau Schmitt, aber solange Ihre Tochter da ist, tun wir auch was für sie. Bei dem Wetter ist es ein Jammer, wenn sie hier drinnen eingesperrt bleibt. Wir ziehen sie jetzt an und setzen sie auf den Balkon.

Auf den Balkon? wiederholt Helga, na ja, warum nicht. Ich habe nicht daran gedacht. Aber die Fliegen und die Wespen ...

Ach was! Holen Sie mir ein Kleid, sagt Frau Dehmel.

Wenn Sie meinen, sagt Helga.

Sie geht aus dem Zimmer, öffnet einen Schrank und murmelt vor sich hin.

Eine Fliege umkreist den Bauchnabel. Kitzelt. Hebt kurz ab, setzt sich auf den nackten Oberarm, saugt sich hinab zur Armbeuge. Den Arm bewegen. Geht nicht.
Frau Dehmel verjagt die Fliege mit einer weiten Handbewegung. Lächelt, beugt sich zum Körper hinab, berührt die Wange mit drei Fingern.
Siehst du, wie gut es dir geht? Sag der Tante danke.
Sie zeigt ihre Zähne, voller Amalgamfüllungen. Hinten glänzen Goldteile.
Hier habe ich ein Kleid, sagt Helga.
Frau Dehmel schüttelt das sorgfältig gefaltete Kleid, ein Sommerkleid, kurze Ärmel und kleine weiße Blumen auf dunkelblauem Hintergrund.
Hübsch, sagt sie, für heute geht es, aber für morgen suchen Sie lieber etwas ohne Reißverschluß im Rücken aus. Das ist besser für sie. Sonst drückt sich das Ding in die Haut, und das tut ihr weh.

Blätter hängen an dünnen Zweigen. Die Birke, ganz nah. Die Hand heben. Nicht weit. Fünfzehn Zentimeter. Das Gehirn sagt etwas, sagt nichts. Stumm. Augen zu. Summen. Sirren in der Luft. Das Kleid flattert. Streichelt die Haut. Wind auf den Augenlidern, zart. Brustwarzen unter dem Kleid. Geschlecht warm. Gerüche in der Luft. Blumen. Rosen, nicht weit. Lindenbaum im Nachbarsgarten. Jasmin. Jasmin steigt in den Kopf, breitet sich hinter der Stirn aus, legt sich um die Schulter, verteilt sich im Bauch. Trägheit. Schlafen.
Eine Fliege auf dem Handrücken. Läuft die Vene ent-

lang. Winzige Beine. Dünn. Schnell. Der Daumen hebt sich. Fliege weg. Der Daumen zittert. Hat sich bewegt. Von alleine. Bewegt sich wieder. Zur Seite. Zittert. Die Fliege kommt zurück, kreist darüber, zögert, landet auf dem Handgelenk, beobachtet den zitternden Daumen. Unruhig.

Fliegenaugen haben tausend Facetten, sagt die Lehrerin, sie können nach allen Richtungen gleichzeitig sehen, deswegen ist es schwer, sie tot zu schlagen, und fast unmöglich, sie zu fangen. Die Herrscherin der Meere kann das. Sie fängt sie im Flug auf, hält sie einen Augenblick gefangen und läßt sie frei. Sie tut ihnen nicht weh. Manchmal führt sie die geschlossene Hand zum Ohr, nur um das zornige Sirren der Fliege zu hören, bevor sie freigelassen wird. Die Herrscherin der Meere überlegt sich, was Fliegen von Menschen halten. Wie sie die Welt sehen, wenn sie tatsächlich aus allen Richtungen gleichzeitig etwas wahrnehmen. Ob Fliegen wie Gott sind, oder im Gegenteil, ob Er unruhig wie eine Fliege ist und vielleicht nur summt und vibriert vor lauter Aufregung. Daher kommt das Leuchten, sagt sie halblaut, wenn Er schnell genug vibriert. Simone, ruft die Lehrerin, hör auf zu schwätzen, sonst gibt es eine Strafaufgabe. Während des Restes der Stunde bleibt die Herrscherin der Meere still. Sie bemüht sich, nach allen Seiten gleichzeitig zu sehen. Fühlt unsichtbare Augen in ihrem Nacken wachsen, am Hinterkopf, seitlich über den Ohren, oben am Scheitel. Am Ende der Stunde ist ihr ganzer Schädel zum Auge geworden, und sie sitzt vollkommen steif auf der Bank. Sie hört die Stimme der Lehrerin, die ihren Namen ruft, antwortet nicht. Sie kann nicht. Sie will nicht. Die Lehrerin interessiert sie nicht, hat sie noch nie interessiert. Die Lehrerin ist eine große dunkle Gestalt, die auseinanderquillt und zerfließt. Die Herrscherin der Meere braucht nur die Hand zu heben, dann wird die Lehrerin von einer Welle erfaßt, ins Meer gerollt und von einem Schwarm rosafarbener Quallen in die Tiefe gezogen. Aber die Herrscherin der Meere rührt sich nicht. Alle Zellen ihres Körpers sind mit Sehen beschäftigt, und vor lauter Sehen spürt sie nichts, als man sie ins Krankenzimmer trägt, als man ihr eine Spritze gibt. Simone ist krank, sagt eine Frau zu ihrem Mann, nachts, im Flur, das macht mir angst. Sie behauptet, sie hätte Gott gesehen. Ach, antwortet der Mann, mit der Pubertät werden die Spinnereien schon aufhören. Bist du sicher? fragt die Frau.

Die Birke breitet die Äste aus wie Arme. Sie wacht über den Körper. Solange sie da steht, ist alles gut.
Hallo, ruft Nick, von unten. Hallo, Mama, siehst du mich?
Er klingelt mehrmals mit der Fahrradklingel. Die Augen schleifen über die Balkonbrüstung, der Kopf dreht sich nach rechts. Nur ein Vorderrad kommt in den Blick. Dann ein Lenkrad, zwei Hände, zwei Arme, sein Gesicht. Er lacht.
Die Schule ist aus, ruft Nick, wir sind frei!
Um seine Brust sind zwei Arme geschlungen. An seinem

Rücken lehnt ein Gesicht. Tatjana aus Rußland. Lacht nach oben. Wirft die Haare zurück. Steigt vom Fahrrad ab, streichelt ihren Hintern.
Ouijajajaja, sagt sie. Tut weh.
Der eine läßt das Fahrrad fallen, umarmt sie, drückt sie an sich, legt beide Hände auf ihren Hintern.
Bitte nicht, sagt Tatjana, deine Mutter sieht uns.
Und? fragt Nick, küßt sie auf den Mund, schiebt eine Hand unter ihr T-Shirt, berührt ihre Haut.

Die Augen wandern davon, gleiten auf den dunklen Teer, bis zur grünen Hecke, steigen ein Stück höher, bleiben in den Zweigen hängen, die Hecke muß unbedingt geschnitten werden, hat der andere gesagt, wenn ich Zeit habe, tue ich das, das sieht so unordentlich aus mit diesen wuchernden Trieben. Wenn ich Zeit habe, werde ich den Rasen mähen, oder kannst du das vielleicht für mich machen, Nick, ich habe im Moment soviel im Büro zu tun, und du hast bald Ferien, wie wär's, wenn du die Gartenarbeit übernimmst, ich zahle dir dafür. Zehn Mark pro Stunde. Fünfzehn, hat Nick geantwortet. Das bekomme ich von Frau Tietz. Und Frau Murmann, die gibt mir sogar siebzehn und füttert mich mit Keksen. Aber du bist mein Vater, und ich will dich nicht ausbeuten. Fünfzehn fürs Rasenmähen, Unkraut zupfen und all das Zeug. Nur die Hecke schneide ich nicht. Ich mag's, wenn es wild aussieht. Abgemacht, hat der andere gesagt. Fünfzehn Mark die Stunde. Und was machst du mit dem ganzen Geld? Ich fahre ans Meer mit Tatjana, hat Nick gesagt.

Die Augen finden am Stamm der Birke Halt, steigen hinauf, das Silberne suchend. Der Kopf kippt nach hinten. Tausende von Augen blicken von oben herab zwischen Millionen Lichtscherben auf das Gesicht, auf den Körper, auf die weißliche Haut über dem Brustbein, zwischen die Brüste, tausend neugierige Augen kitzeln an den nackten Fußknöcheln, senden prickelnde Wellen in die Knochen hinein, durchfluten den Fuß, ebben an den Zehen ab.
Ein Fuß hebt sich, legt sich auf den anderen, kratzt mit dem Ballen. Verjagt eine Fliege.

Also Mama, sagt Nick, wenn du mein Zeugnis sehen willst, hier ist es.
Er wedelt mit einem Stück Papier vor dem Gesicht, schwarze Flecken, schmutzige Striche. Unscharf.
Kannst du es lesen? fragt er. Nein? Ist egal. Ich lese es dir vor. Mathe vier, Deutsch drei, Latein vier, Englisch und Französisch zwei. Ethik eins. Sport vier. Bio, Erdkunde, Geschichte, alles vierer. Klassenziel erreicht. Tatjana ist viel besser als ich. Sie hat nur zweier und dreier, außer in Deutsch. Aber das zählt nicht. Und du? Wie geht es dir? Schön, hier draußen?
Der Mund versucht zu sprechen. Will Birke sagen. Zu schwer. Buchstaben stolpern übereinander. Der Mund will Zweige sagen. Äste. Keine Angst. Schön. Zu viele Worte. Läßt Luft zwischen die Lippen entweichen, sagt nur tssssss.
Heute zischst du wie eine Schlange, Mama, sagt Nick und lacht. Ich mag das, wenn du Töne machst. Sag, wie ist die

neue Krankenschwester? Ist sie nett? Auf alle Fälle finde ich gut, daß sie dich angezogen und auf den Balkon gesetzt hat. Wir hätten schon früher darauf kommen können.
Ihr Kleid ist schön, sagt die Herrscherin der Meere. Sie sehen sehr hübsch aus. Darf ich Ihre Haare kämmen?
Ihre Hände in den Haaren. Zart. Streicheln über die Schläfe. Finger berühren die Stirn, kühl. Zwei Schmetterlinge flattern über den Kopf, paaren sich im Flug. Trennen sich, nur eine Flügelschlaglänge.
Ah, da seid ihr, sagt Helga, Nick, wann willst du denn in Urlaub fahren?
Wissen wir noch nicht, antwortet er, warum?
Dein Vater fährt auch weg. Er hat vorhin angerufen. Mitte August für zwei Wochen. Ihr müßt euch absprechen. Du kannst nicht fahren, wenn er weg ist. Ich will nicht allein hier sein.
Oma, sagt er, wir lassen dich schon nicht allein. Mach dir keine Sorgen. Und für ein paar Tage kann man doch eine Nachtschwester bestellen.
Das zahlt die Kasse nicht, sagt Helga. Ich habe mich schon erkundigt. Ob dein Vater das zahlen mag? Nick, ich habe Angst, wenn ich allein in dem Haus bin. Was soll ich tun, wenn sie wieder aus dem Stuhl stürzt!
Ach, sagt Nick, was soll schon geschehen. Wenn sie wieder stürzt, deckst du sie zu und wartest, bis jemand kommt. Mach dir keine Sorgen. Ich glaube, damals hatte sie etwas erschreckt. Nehme ich an. In letzter Zeit ist sie gut gelaunt.

Woran merkst du das? Sie ist doch wie immer.
Sie singt, sagt Tatjana. Hören Sie es nicht?
Sie schnurrt wie eine Katze, sagt Nick.
Nein, sagt Tatjana streng. Sie singt. Da.
Vier Fingerkuppen legen sich auf die Brust. Kühl. Nur der kleine Finger bleibt in der Luft.
Das ist, als würden Sie eine Muschel ans Ohr halten. Meeresrauschen. Viele Wellen, die Geschichten erzählen, manchmal klagen, manchmal nicht, sagt Tatjana.
Sehr schön, sagt Helga, aber ich höre nichts. Höchstens ein Brummen.

Der Ton kommt vom Marktplatz. Dunkel angezogene Frauen stecken die Köpfe zusammen und sprechen von der Ertrunkenen, die in dieser Nacht an den Strand gespült wurde. Es ist keine von ihnen. Eine Touristin, eine Fremde aus dem Norden. Eine Blonde mit langen Beinen, langen Haaren, die zusammen mit mehreren jungen Leuten ein paar Tage zuvor aus einem kleinen Bus ausgestiegen ist. Da kommen die Wikinger, hat der Vater gesagt. Sieh mal, da! Sie sehen alle gleich aus, hat die Mutter festgestellt. Aber ich verstehe nicht, wie sie es schaffen, schon am ersten Tag so braun zu sein!
Die Herrscherin der Meere weiß sofort, daß es gar keine Wikinger sind. Sie sind normal, langweilig wie die anderen Touristen. Sie haben alle lange Glieder, blaue Augen und strähnige blonde Haare, sie tragen Shorts und saubere Polohemden, und tagsüber spielen sie meistens Volleyball. Sie sind schwer voneinander zu unterscheiden.

Nur bei einem der Männer, mit seinem spärlichen rötlichen Stoppelbart, entdeckt die Herrscherin der Meere einen letzten kleinen Rest Wildheit.
Wenn die falschen Wikinger nachts zusammen am Strand sitzen, trinken sie Rotwein aus der Flasche, rauchen süßlich riechende Zigaretten. Sie sprechen in einer kehligen Sprache, lachen zu laut. Dann nimmt der Unrasierte seine Gitarre und singt auf englisch Lieder, die jeder aus dem Radio kennt. Die anderen hören allmählich auf zu lachen, sie unterhalten sich nicht mehr. Sie hören zu, singen manchmal mit. Später liegen sie alle übereinander im Sand, während seine Stimme sich in die Nacht erhebt, über das Meer segelt und nach einer verlorenen Meerjungfrau ruft, die er nicht findet. Die Herrscherin der Meere antwortet nicht. Ihr sind seine Stoppelhaare zu wenig.
Was ist geschehen, fragt die Mutter ein blondes Mädchen, das rote Augen hat, ist sie zu weit geschwommen? Hat sie ihre Kräfte überschätzt? Das blonde Mädchen schüttelt nur den Kopf, schluchzt und schluchzt, wendet sich ab. Vielleicht hat sie es absichtlich getan, sagt die Mutter zum Vater, Liebeskummer oder so. Ach was, sagt der Vater. Liebeskummer! Wer bringt sich schon heute wegen Liebeskummer um. Niemand. Die Zeiten sind vorbei. Sicher war sie betrunken, diese Schweden trinken doch ununterbrochen. Sie kam aus Norwegen, sagt die Mutter. Oder aus Finnland. Nicht aus Schweden, das weiß ich. Du, Simone, mir wäre es lieber, du gehst heute nicht ins Wasser. Ach was, sagt der Mann wieder und klopft seiner Tochter auf den Hintern, die Kleine ist stark, sie kann gut

schwimmen, sie ist doch meine Tochter. Geh ruhig, Kleines. Meinst du wirklich, fragt die Frau, aber die Leiche hat hier im Wasser gelegen, genau da, wo wir immer baden. Das finde ich unheimlich. Ach was, wiederholt der Vater, wenn du es dir recht überlegst, hat auf jedem Quadratzentimeter dieser Erde schon eine Leiche gelegen. Ja, du hast recht, sagt die Mutter, aber sie geht nicht mehr ins Wasser, bis zum Ende der Ferien nicht, und jeden Tag sagt sie, paß auf die Brandung auf, Simone. Daß du mir gut aufpaßt, sagt sie. Schwimm nicht so weit, Simone, du hast gesehen, was alles geschehen kann, sei vorsichtig. Das Mädchen sagt ja, ja, ich weiß schon, rennt davon, barfuß auf dem feuchten Sand, und die Stimme der Mutter rennt hinterher.

Wenn die Herrscherin der Meere tief unter Wasser taucht, wird es ruhig. Sie hört nichts mehr, nur noch die eigene Stimme und das Rauschen des Meeres, und wenn sie auftaucht, um Luft zu holen, blickt sie in Millionen Lichtscherben, die auf der Wasseroberfläche tanzen.

Die falschen Wikinger sind abgereist. Die Mutter liegt auf ihrem Handtuch, dreht sich jede halbe Stunde vom Rücken auf den Bauch und vom Bauch auf den Rücken. Gegen elf ölt sie sich noch einmal ein und spannt den Schirm auf. Zwischen eins und vier liegt sie mit dem Vater im Hotelzimmer. Danach legt sie sich wieder auf das Handtuch, mit einem anderen Badeanzug, damit man keine Streifen sieht. Der Vater geht morgens und abends schwimmen, das ist gut für meinen Bauch, sagt er und streichelt das Fleisch oberhalb der Badehose, die zu klein ist, vorne zeichnet sich das Geschlecht ab, hinten am Rücken steigt die weißliche Falte seines Hinterns über den blauen Stoffrand. Komm doch mit, sagt der Vater zur Mutter, die nur den Kopf schüttelt, dann rückt er sein Geschlecht zur Seite, bevor er auf das Wasser zugeht, sich lärmend hineinwirft und geradeaus nach vorne krault, nach fünf Minuten umdreht und zurückschwimmt. Einmal, als es sehr heiß ist, kommt der Vater triefend aus dem Wasser und bespritzt die halb schlafende Frau. Sie springt mit einem Schrei auf, schlägt ihm auf die Brust, läuft zur Dusche und stellt sich heulend unter die lauwarmen gelblichen Tropfen, die nach Desinfektionsmittel stinken. Als der Vater sie herauszuziehen versucht, hält sie sich an der Metallstange fest und schreit wie am Spieß, bis jemand das Wasser abdreht. Der Vater führt sie ins Hotel, am Nachmittag kommt sie nicht wieder zum Strand, am Abend bleibt sie im Zimmer. Das Mädchen Simone ißt schweigend mit dem Vater, es gibt ölige Auberginen und gebratenes Hackfleischsteak mit Zwiebeln, danach ein Vanilleeis, das anders schmeckt als in Deutschland. Deine Mutter spinnt, sagt der Vater beim Nachtisch. Nur weil das Mädchen ertrunken ist. Die Leute ertrinken doch überall. Ich weiß nicht, was mit der Frau los ist. Wahrscheinlich kriegt sie ihre Tage. Aber sie kriegt ihre Tage nicht, und am nächsten Morgen reisen sie vorzeitig ab. Die ersten zweihundert Kilometer im Auto sagt keiner ein Wort. Die Mutter setzt ihre Sonnenbrille nicht ab. Erst als sie die Grenze erreichen, dreht sie sich um und fragt: Hast du Hunger, Simone?

Heute weht ein kühler Wind, sagt Frau Dehmel, es ist besser, wenn sie drinnen bleibt. Sie könnte sich erkälten.
Es sind nur sieben Tage, sagt Helga. Sieben Nächte. Tagsüber geht es schon, aber nachts mag ich einfach nicht allein in diesem Haus sein. Ich habe Angst. Frau Dehmel, wenn Sie wüßten, wie dankbar ich Ihnen bin, daß Sie hier übernachten. Ich bin so erleichtert.
Offiziell kostet es hundertfünfzig, sagt Frau Dehmel, ich mache es Ihnen für hundert, also siebenhundert, in bar auf die Hand und ohne Rechnung.

Gib ihr gleich achthundert, sagt Hans, für den Fall, daß wir sie wieder brauchen.
Kannst du mir nicht eine Telefonnummer hinterlassen, fragt Helga, falls etwas passiert?
Ich weiß nicht genau, wo ich sein werde, antwortet Hans, aber übers Büro kannst du mich schon erreichen, wenn es wirklich sein muß. Was soll schon groß geschehen?
Ich weiß nicht, sagt Helga. Ich habe ein dumpfes Gefühl. Ich habe Angst.
Weißt du was, Helga, sagt Hans, ich glaube, deine Nerven sind überspannt. Du machst dir zuviel Sorgen. Wenn wir alle zurück sind, solltest du auch ein paar Tage in Urlaub fahren. Was meinst du?
Später am Abend packt er seine Sachen und pfeift dabei zwischen den Zähnen, immer dieselbe Tonfolge. Zuerst zischt es nur, dann wird es lauter, klingt falsch, wird besser. Er versucht, jeden Ton einzeln zu pfeifen, um die richtige Höhe zu treffen, schafft es nicht, singt dieselben

Töne ohne Worte, singt nur dadadadadada. Singt im Bad Obladi, oblada, dadada, immer wieder von vorne. Hört auf. Öffnet die Zimmertür. Sein Schatten betritt das Zimmer.

Er schaltet das Licht nicht an. Schließt die Tür hinter sich, nähert sich tastend dem Bett, setzt sich auf die Bettkante. Sein Körper ist ein dunkler Berg Fleisch.

Mone, sagt er, berührt eine Hand. Ich fahre morgen weg. Zwei Wochen, drei, wenn es gut läuft. Weißt du, ich fahre mit Marita ans Meer. Nach Griechenland. Ich war noch nie länger mit ihr zusammen.

Schweigt.

Wir treffen dort Freunde von ihr, die ein Segelboot haben. Vielleicht lerne ich dieses Jahr endlich richtig segeln.

Schweigt.

Du hast dich nie dafür interessiert, Mone. Du wolltest immer nur schwimmen. Marita ist anders.

Er steht auf, geht im Zimmer auf und ab, öffnet die Balkontür, geht hinaus. Kommt zurück. Setzt sich ans Fußende. Sein Gesicht ist ein dunkles Loch. Seine Augen glänzen. Seine Zähne.

Weißt du, Mone, ich denke, ich bin dabei, mich zu verlieben. Nein, eigentlich bin ich schon verliebt. Du brauchst mir gar keine Vorwürfe zu machen, wenn du nicht so wärest, hätte ich niemals etwas Ernstes mit meiner Sekretärin angefangen.

Eigentlich bist du schuld, Mone.

Schweigt. Geht zum Fenster, auf den Balkon. Kommt zurück.

Bald ist Vollmond, sagt er, stehend am Bett. Vollmond auf der Ägäis. Klingt romantisch. Weißt du, Mone, das ist nicht das erste Mal, daß ich mit einer anderen Frau ... Das ist schon ein paar Male geschehen, so, wenn ich unterwegs war. Auf Geschäftsreise. Und damals, als du allein nach Irland gefahren bist. Ich war sauer, weil du mich allein mit Nick zurück gelassen hattest. Gut, deine Mutter war da. Aber trotzdem. Und ich war mir sicher, daß du auch, daß du mit irgendeinem versoffenen Irländer ins Bett gehst. Ich weiß gar nicht, warum ich dir das jetzt erzähle, du verstehst eh nichts.
Geht zum Fenster, kommt zurück.
Ich habe ein schlechtes Gewissen, und das ärgert mich, sagt er.
Schweigt.
Ich möchte mich scheiden lassen, Mone.
Schweigt.
Ich bin noch keine fünfzig, ich kann die nächsten zwanzig Jahre nicht mit einem Krüppel verbringen. Ich halte es in diesem Haus nicht aus, ich will frei sein und endlich etwas erleben, verstehst du?
Seine Stimme bettelt. Zittert. Wiederholt die Worte. Dann geht er und schließt die Tür leise hinter sich.

Die Blätter der Birke zittern unter dem Vollmond, das Zittern läuft an den Zweigen entlang, unsichtbar, es zittert durch die Rinde bis in den Stamm hinein. Die Erde zittert. Kein Schlaf.

Heute singt sie nicht, sagt Tatjana.
Ich glaube, das ist, weil wir wegfahren, sagt Nick. Es ist nur für ein paar Tage, Mama, dann kommen wir wieder. Das ist versprochen. Wir bleiben gar nicht lange weg. Wir werden zurück sein, bevor unsere Postkarte ankommt, du wirst sehen.
Sein Blick, tief in die Augen. Seine Hand auf dem Unterarm.
Gänsehaut im Sommer. Der Daumen bewegt sich. Seine Hand halten. Weg. Zu langsam, zu spät. Der Daumen fällt zurück, hängt, richtet sich auf, ein Millimeter. Noch ein Millimeter. Noch ein wenig. Üben. Müde.
Ach, Tatjana! Das ist wahnsinnig, daß wir zusammen fahren! Eine ganze Woche!
Nick lacht, küßt Wangen, hebt Tatjana hoch, dreht sich mit ihr, läßt sie auf das Bett fallen, rennt aus dem Zimmer, kommt wieder, küßt, sagt, er muß packen, rennt hinaus, knallt Türen, legt eine Platte auf den Plattenspieler. Das Haus dröhnt. Unten öffnet die Frau die Küchentür und schreit nach oben, laut. Keiner antwortet ihr.
Tatjana stellt sich vor den Körper, ihre Augen dunkel. In jeder Iris eine Sonnenscherbe, nicht gemalt. Echtes Licht. Sie kniet auf dem Boden, nimmt beide Hände in ihre, sieht in Augen.
Du möchtest sprechen, sagt sie. Was willst du sagen?
Das Gehirn sendet Befehle, Worte prallen an der Schädeldecke ab, werden nach allen Richtungen geschleudert. Der Nacken wird steif, der ganze Rücken verkrampft sich. Tut weh. Ein Zucken erschüttert die Hände. Der Daumen

hebt sich, gleitet am kleinen Finger entlang. Ein Millimeter, zwei. Mehr.
Ganz ruhig, sagt Tatjana. Laß dir Zeit. Wir haben Zeit. Ich warte, bis du es mir gesagt hast.
In der Mitte des Kopfes lodert es, ein Wort brennt sich einen Weg durchs Gestrüpp, die Zweige knacken, ein lichter Durchgang entsteht, verschließt sich, das Wort muß zum Mund, versengt Zweige, zündelt durch die Brennesseln, und weiter. Überall sind abgebrochene Äste und gefallene Bäume, das Wort bleibt an der Rinde hängen, verglüht. Andere Worte folgen, drehen sich umeinander, verirren sich im Gebüsch, stecken in der Erde fest, erlöschen. Ein Wort flammt auf.
Jemand formt mühevoll Laute, preßt sie heraus, sagt, Birke. Blickt in ein Gesicht, erkennt die Herrscherin der Meere, sagt es noch einmal. Birke.
Birke, wiederholt Tatjana leise. Was ist Birke?
Jemand will sagen, nicht fällen, kann nicht, sagt nur, Birke, dann nichts mehr. Schließt die Augen. Erschöpft.
Nick, ruft Tatjana, was ist Birke?
Ein Baum, ruft Nick aus seinem Zimmer, der Baum vor dem Haus ist eine Birke, warum?
Nichts, sagt Tatjana.
Jemand öffnet die Augen.
Die Herrscherin der Meere hat Salztränen in den Augen.
Bei uns gibt es auch Birken, sagt sie leise, ganze Wälder voller Birken.
Sie richtet sich auf, greift zwischen ihre Brüste, greift nach ihrer Kette, nimmt sie ab, hält sie hoch. Am Ende der

Kette pendelt etwas Glänzendes, zu nah. Gold. Kein Kreuz.
Das wird dich beschützen, sagt sie. Das wird die Birke beschützen. Ich leihe dir meine Kette aus, bis wir zurückkommen, und dann wird alles gut. Du wirst sehen.
Eine Kette gleitet über den Kopf, legt sich um den Hals. Etwas Rundes berührt das Brustbein. Schwer. Kalt.
Ich bin fertig, Tatjana, ruft Nick aus dem Flur. Komm doch, wir können noch den ersten Zug erreichen, wenn wir uns beeilen.
Die Herrscherin der Meere berührt das Kalte zwischen den Brüsten. Berührt die Lippen. Legt den Finger auf ihren Mund.
Sprich mit niemandem darüber, sagt sie, das ist ein Geheimnis zwischen dir und mir.

Die Birke steht vollkommen still. Kein Blatt bewegt sich. Kein Luftzug fährt zwischen die Zweige.
Innen zittert es.

Daß dieser Sommer doch so heiß wird, das hätte ich nie gedacht, sagt Helga zu Frau Dehmel. Es hat seit Wochen nicht geregnet, man müßte den Garten jeden Tag gießen, aber mir ist das zu anstrengend. Sonst macht das der Nick, um sein Taschengeld aufzubessern.
Ein schöner Garten, sagt Frau Dehmel. Große, alte Bäume, viel Schatten. Haben Sie gesehen, daß die Birke schon gelbe Blätter hat? Mitten im August? Das ist zu früh.

Wo? fragt Helga, geht auf den Balkon, das stimmt, Sie haben recht. Vielleicht ist sie krank.
Sie ist nicht krank, sagt Frau Dehmel, die braucht bloß Wasser. Die hat zu wenig Platz zwischen der Straße und dem Haus, die kriegt einfach nicht genug Wasser. Deswegen.
Ich werde doch nicht anfangen, die Bäume zu gießen, empört sich Helga. Ich habe so schon mehr als genug mit den Blumen und mit den Beeren zu tun. Besonders wenn sie alle weg sind. Das ganze Einkaufen und so. Das reicht mir, wirklich. Von mir aus kann die Birke eingehen. Sie macht nur Dreck. Und der Pollen im Frühling. Mein Schwiegersohn will sie fällen lassen, aber das geht nicht so einfach. Er braucht eine Genehmigung, weil die Birke schon so groß ist. Stellen Sie sich das vor. Er hat sie selber zur Geburt des Sohnes gepflanzt, und jetzt darf er sie nicht einmal fällen, obwohl sie nur stört.
Das wäre schade, sie zu fällen, sagt Frau Dehmel. Ich mag Birken, das sind schöne Bäume, aber jeder soll tun, was er meint. Und jetzt werde ich die Patientin waschen.
Ich lasse Sie allein, sagt Helga, ich gehe in die Küche, dann, bis später.

Weißt du, Mone, sagt sie, als Frau Dehmel weg ist, ich möchte so gern endlich wieder richtig mit jemandem reden, der mich nicht nach fünf Minuten wegschickt, als würde ich stören. Ein Glück, daß Nelly bald zurückkommt. Sie ist länger weggeblieben, als sie es vorhatte, vielleicht ist sie im Urlaub krank geworden. Ich freue mich, sie wird mir schon alles erzählen, das ist mir doch lieber als eine, die nie ein Wort redet, wie die Dehmel. Ich werde es Nelly erzählen, daß mich die Dehmel beim Waschen immer weggeschickt hat, ich werde sie fragen, ob das normal ist. Ich habe dich oft genug selber gewaschen und außerdem habe ich dich auf die Welt gebracht, hat denn das gar nichts zu bedeuten? Ich weiß wirklich nicht, was das soll.

Sie ist gar keine Gesellschaft, klagt Helga am Telefon, sie will nicht einmal mit mir fernsehen, und weißt du, was sie jetzt tut? Sie gießt den Garten. Sogar die Bäume gießt sie. Sie sollte lieber ein bißchen mit mir reden, finde ich. Gott sei Dank, bald kommt der Junge zurück, und Schwester Nelly auch, ich bin gespannt, was sie von Lanzarote erzählt. Du weißt schon, das ist die andere Krankenschwester, die mit dem Geliebten.

Sieh mal her, Mone, ruft Helga und wedelt mit einer Postkarte, Schwester Nelly hat mir geschrieben. Alles sehr schön hier, liebe Grüße aus Lanzarote, Nelly. Man kann nicht sagen, daß sie sich beim Schreiben angestrengt hätte. Aber wahrscheinlich hat sie besseres zu tun. Ein Sonnenuntergang über schwarzen Felsen. Eine Vulkaninsel, das sieht interessant aus, Mone, findest du nicht? Hier, das Schwarze, das sind Felsen. Und da, das ist das Meer. Und da geht die Sonne unter ins Meer. Ist das keine schöne Postkarte, die wir von Schwester Nelly erhalten haben? Obwohl, mir gefällt es besser mit ein wenig Grün. Mit Palmen und Lorbeeren. Wenn es nicht ganz so wild aussieht. Ich würde lieber zum Mittelmeer fahren, nach

Südfrankreich. Nach Nizza, das wär's. Erinnerst du dich an meine Freundin Luise? Sie lebt dort. Seit dreißig Jahren in einem Hotel. Sie hat mich eingeladen. Wir haben telefoniert. Ich habe sie in Frankreich angerufen. Das ist mir egal, was das kostet. Dein Mann kann das schon zahlen, er fährt in Urlaub, sagt nicht wohin, ruft nur an, um zu sagen, daß er eine Woche länger bleibt, das ärgert mich, Mone, das macht mich richtig sauer. Er hat nicht einmal gefragt, wie es uns geht, er hat gleich aufgelegt. Das finde ich nicht gut, Mone, das muß ich dir schon sagen. Und weißt du, ich mußte unbedingt mit jemandem darüber sprechen, deswegen habe ich Luise angerufen. Meine Freundin Luise. Sie hat mich schon häufig in ihr Hotel eingeladen. Ich bin noch nie hingefahren, aber wenn ich es mir recht überlege, könnte ich es doch einmal tun.

Helga, die Mutter, hat sich angewöhnt, ihre Gedanken laut zu sprechen. Jetzt gehe ich in die Küche und setze Wasser auf, sagt sie, dann komme ich wieder, wenn der Tee fertig ist. Ich darf den Zucker nicht vergessen. Wenn sie abends vor dem Fernsehen sitzt, flüstert sie den Quizteilnehmern falsche Antworten zu oder gibt den Schauspielern Ratschläge: Paß auf, hinter der Tür, an deiner Stelle würde ich das nicht tun, nein, wirklich nicht, Kindchen, bist du blöd! Tagsüber verbringt sie viel Zeit im ersten Stock auf dem Balkon bei der Birke und erzählt oder liest etwas vor. Jedes Papierstück wird gelesen, der Rinderbraten bei Suma kostet neunneunundneunzig heute, das ist billig, schade, daß ich nicht hinfahren kann, ich

würde gern für den Winter etwas einfrieren, oh, siehst du, Mone, schon wieder ein Werbeblatt von einem Pizza-Lieferservice, ach, die haben auch indisches Essen, ob das schmeckt? Ich frage mich trotzdem, wovon sie leben, soviel Pizza kann doch keiner essen. Mindestbestellhöhe fünfundzwanzig Mark. Wenn Nick zurück ist, könnten wir das einmal probieren. Wann habe ich denn meine letzte Pizza gegessen?
Sie schweigt. Seufzt. Mehrere kurze Seufzer hintereinander, kaum hörbar, ihr Mund ist geschlossen, und ihre Augen fangen zu wässern an, wie immer, wenn sie sich an ihren Mann erinnert.
Weißt du noch, Mone, als die Benzinleitung vom Auto kaputt war? Oder war der Keilriemen gerissen? Wir standen auf der Autobahn, kein einziges Auto fuhr vorbei. Na ja, damals war der Verkehr nicht so wie heute. Zwischen zwölf und zwei fuhr niemand. Die Leute haben Mittagspause gemacht. Sind zum Essen gegangen. In Italien waren die Tische in den Restaurants mit weißen Tischdecken gedeckt, und es gab weiße Stoffservietten vor jedem Teller. Na ja, wir standen da, und plötzlich hielt ein weißer Lieferwagen an. Erinnerst du dich, Mone?

Ein Mann steigt aus dem Lieferwagen. Er ist dick, sein Unterhemd vom Mittagsschweiß verklebt, Haare quellen oben heraus, wachsen auf den Schultern, dünnes Fell auf den Oberarmen, verdichtet sich an den Unterarmen, die Haut schimmert dort kaum noch durch. Das Mädchen versteckt sich hinter der Mutter. Ihr Herz klopft, eine pelzige Hand nähert sich, sie möchte schreien, die Hand legt sich auf den Kopf, streichelt über die kurzgeschnittenen Haare. Vieni qua, bambino, sagt der Mann mit lauter, rauher Stimme, noi due ripariamo la macchina. Non è un bambino, sagt der Vater, è la mia figlia. Ah, sagt der Mann, è una bambina? Davvero? Er wendet sich ab. Greift mit beiden Händen in die offene Motorhaube, sein Kopf verschwindet, kommt heraus, auch die Hände kommen heraus, schwarz mit Motoröl. Tutto bene, sagt er, vede! Er steigt ins Auto ein, läßt den Motor aufheulen, steigt aus, schüttelt dem Vater die Hand, klopft ihm auf die Schulter und spricht sehr schnell. Niemand versteht ihn. Er zieht den Vater zum Lieferwagen, drückt ihm etwas in die Hand, das in Zeitungspapier eingewickelt ist, ruft Ciao, ciao bella ragazza, und fährt davon. Beim Fahren hupt er, winkt mit seinen schwarz behaarten Knöcheln und steckt den Kopf durchs Fenster. Die Eltern winken zurück, die Mutter ruft grazie, grazie mille, bis der Lieferwagen außer Sichtweite ist. Dann steigt die Familie ins Auto, und der Vater fährt los. Die Mutter reicht dem Mädchen eine teigige Pizza, die sie aus dem Zeitungspapier gewickelt hat. Das Mädchen reißt Stücke ab, wirft sie beim Fahren durchs Fenster. Ein bißchen trocken, seine Pizza, sagt die Mutter.

Ach ja, sagt Helga, seufzt einen tiefen lauten Seufzer, wenn ich über mein Leben nachdenke, habe ich es gar nicht so schlecht gehabt. Im Grunde dürfte ich mich nicht beklagen.

Sie schweigt. Trinkt einen Schluck kalten Tee mit Zitronensaft. Schließt die Augen. Scheint zu träumen. Schläft ein. Wacht nicht auf, als eine Fliege auf ihrer linken Hand spazierengeht. Hat keine Haare auf dem Handrücken, nicht einmal einen Flaum, aber Flecken, braune Altersflecken und weiße, die vom Wasser kommen, hat der Hautarzt gesagt, weil sie sich zuviel wäscht. Wacht nicht auf, als die Fliege über die geschwollenen Knöchel läuft. Wacht nicht auf, als die rechte Hand sich bewegt und die Fliege verjagt, die zur Birke fliegt und zurück auf die Hand.
Durst. Jemand hat Durst. Der Mund ist trocken. Braucht Wasser. Die Lippen bewegen sich. Kein Ton. Die Blätter der Birke rascheln. Sie sind ein bißchen gelb geworden, nicht viel. Die Birke braucht Wasser.
Ich sollte uns etwas zu essen machen, sagt Helga, als sie aufwacht. Tomaten mit Mozzarella und Olivenöl, wie in Italien. Erinnerst du dich an Italien, Mone? Wir haben Campari getrunken, und du, du hast immer Granite bestellt, weil es auch rot war, weißt du noch, das war Sirup auf Eisstücken, sonst nichts. Weißt du's noch?
Jemand hat Durst, bewegt die Lippen, will sagen: Wasser. Ja, sagt die Mutter, das war schön. Wir saßen auf der Terrasse mit Blick auf die Zypressen, das hat mir so gut gefallen, damals, obwohl, eigentlich mag ich keine Zypressen, ich muß immer an Friedhof denken, wenn ich sie sehe. Birken sind schöner, da hat die Frau Dehmel schon recht, im Sommer ist es angenehm hier auf dem Balkon mit der Birke, es ist fast ein bißchen schade, daß sie weg muß.

Die Frau setzt sich jeden Nachmittag neben die Birke, spricht lange Monologe oder spielt Mehrpersonenstücke, meist Familiendramen, in welchen sie alle Rollen übernimmt. Ihre Stimme schwillt an, wird tiefer oder höher, wird kindisch, männlich. Sie klagt an, widerspricht, zetert manchmal. Wenn sie laut wird, zittern die Birkenblätter. Oft weint sie, aber nicht lange. Die ersten Tage hat sie gestrickt, Knöpfe angenäht, Röcke gesäumt. Jetzt tut sie nichts mehr. Sie redet nur noch. Erzählt. Von früher. Von den Sachen, die sie eben in der Zeitung gelesen hat. Von den Sachen, die sie ärgern. Wiederholt sich. Fängt von vorne an. Listet ihre Klagen auf. Erstens. Daß die Frau Dehmel. Zweitens. Daß die anderen sie allein. Drittens. Daß der Hans grundsätzlich zu selten da ist. Daß Nick sich ein ausländisches Mädchen ausgesucht hat. Daß sie mit achtzehn schon zusammen in Urlaub gefahren sind. Daß sie nicht versteht, warum die Eltern des Mädchens so etwas erlauben. Daß sie es selber nicht erlaubt hätte. Oder doch. Aber nicht allein mit einem Jungen. Oder doch. Daß ihre Eltern ihr es niemals erlaubt hätten. Und auf einmal muß sie lachen. Weil sie es trotzdem auch getan hat. Sie hat gesagt, ich fahre mit den Pfadfindern ins Zeltlager. Und statt dessen ist sie mit Wolfgang gefahren.
Neunzehn war ich, Mone, sagt sie, und ihre Wangen werden rot. Neunzehn. Wolfgang hatte mir sein Fahrrad geliehen, ein tolles Ding mit Gangschaltung, ich flog nur davon, und er fuhr mühsam hinterher mit meinem alten klapprigen Rad und dazu noch unser ganzes Gepäck auf

dem Gepäckträger. Wie er sich den Berg abstrampelte, der Arme! Auf einmal war ich so weit vorne, daß ich ihn gar nicht mehr sah. Ich habe angehalten und mich aufs Moos gelegt, um auf ihn zu warten.

Sie kichert, spricht leiser, beugt sich nach vorne, zu dem Ohr, flüstert.

Da ist es passiert, Mone, das war für mich das erste Mal. Das Datum weiß ich noch. Ein zwölfter Juli war es gewesen. Am hellichten Tag im Wald, gar nicht weit von der Straße. Weißt du, Mone, draußen ist es etwas besonderes. Zu meiner Zeit hatte man keine Wahl, die Eltern hätten nie erlaubt, daß man sich zu Hause allein trifft, also waren wir viel im Freien. Wenn du im Wald liegst, auf dem Rücken, und das Moos ist weich und riecht nach feuchter Erde, und du öffnest danach die Augen und siehst nach oben, die Fichten, die in den Himmel schießen, diese langen geraden Stämme, ich kann dir das gar nicht erklären, Mone, so was muß man selber erlebt haben, die Stämme, die in den Himmel schießen, und die Baumkronen, die langsam schwanken, auch wenn kein Wind da ist, ach Mone, man ist so verliebt, das kannst du dir nicht vorstellen. Später, wenn man verheiratet ist und Kinder hat, kann man nicht mehr. Man geht in den Wald, um Pilze oder Erdbeeren zu sammeln, nicht um sich ins Moos zu legen. Und wenn man sich bloß hinsetzt, wird man schon von Ameisen gestochen. Es juckt überall, man hat Blasen an den Füßen, und die Bäume, ich weiß nicht, Mone, ob die Bäume anders sind als früher, oder ob man sie anders sieht. Die Fichten zum Beispiel, die Fichten fand ich

schön, früher, und heute, wenn ich Fichten sehe, denke ich an diese Fernsehberichte über das Waldsterben und frage mich auch noch, ob es in der Gegend Zecken gibt.
Sie sitzt bei der Birke, kratzt sich am Unterarm, betrachtet einen winzigen roten Punkt auf ihrer Haut, kratzt, bis die ganze Umgebung rot ist, dann leckt sie ihren Zeigefinger und reibt Spucke auf die Stelle.
Ich sollte mir eine Zwiebel holen, sagt sie, das ist das beste gegen Stiche. Oder Essig. Ich wundere mich, was das für ein Tier war. Ich habe nichts gesehen. Aber eine Zecke war's nicht. Eine Schnake vielleicht.
Die Stimme der Frau ist träge. Sie gähnt, streckt sich, beugt sich nach unten, reibt mechanisch ihre Waden, um den Blutfluß zu aktivieren. Ihr Kreislauf ist schlecht, sie hat immer kalte Füße, und wenn es draußen heiß ist, marmorieren sich ihre Beine blau, rot und weiß.
Daß die Viecher mich immer stechen müssen, sagt sie, das verstehe ich nicht. Du hast Glück, Mone, dich lassen sie in Ruhe.

Dein Blut ist nicht süß genug, sagt der Vater, das kommt vom schlechten Charakter. Wer einen schlechten Charakter hat, wird nicht gebissen. Deine Mutter hat einen guten Charakter, deswegen ist ihr Gesicht jetzt angeschwollen wie ein Fußball. Die Mutter findet das nicht lustig, sie schmollt, bis der Mann sich entschuldigt. Wenn er Buße genug getan hat, zieht sie sich um, zieht ein Kleid an, das ihre Brüste zur Schau stellt, besprüht sich mit Parfüm, schminkt ihre Lippen, dann gehen sie aus, der Mann und

die Frau, allein. Gute Nacht, Mone, sagen sie, schlaf schön und bis morgen. Gute Nacht, antwortet Simone, aber wenn die Tür geschlossen ist, springt sie aus dem Bett und läuft zum Strand, läuft, bis sie die Lichter der Promenade und die Liebespaare weit hinter sich gelassen hat. Läuft in die Dunkelheit hinein, ihre Sandalen in der Hand.
Das Meer anbeten. Vor dem Ozean stehenbleiben, die richtige Stelle suchen. Die Sandalen fallen lassen. Warten. Wenn es an der Zeit ist, die Kleider ablegen. Sich dem Meer anbieten, nackt. Nimm mich, flüstern. Nimm mich, wie du das blonde Mädchen genommen hast. Einen Schritt nach vorne gehen. Noch einen. Die Füße bis zu den Knöcheln im feuchten Sand. Warten, daß etwas geschieht. Daß jemand aus den Fluten steigt, das Mädchen an die Hand nimmt, sie in die Tiefen zieht. Auf dem Sand knien. Warten auf das Wasser, das zwischen den Beinen spielt, an der Innenseite der Schenkel streichelt, mit kühlen, sanften Berührungen die Schamlippen streichelt. Ich bin noch Jungfrau, sagt Simone, das Mädchen. Tue es mit mir. Sie legt sich auf den Rücken, öffnet die Beine. Die kleinen Wellen spielen um ihre Waden, kitzeln ihre Knie. Weiter, befiehlt sie. Nimm mich.
Sie weiß, was man da sagt und worum es geht. Sie weiß, daß der Mann sein Ding in die Frau steckt, daß es das erste Mal weh tut und blutet. Daß die Frau dabei stöhnt und schreit. Daß die Erwachsenen vollkommen blöd werden, wenn sie nur eine Sekunde daran denken. Daß ihre Augen glasig oder glänzend oder schmal werden, daß sie sich mit der Zunge über die Lippen fahren. Daß Frauen

den Busen herausstrecken und Männer ihr Geschlecht berühren. Daß sie plötzlich ins Schlafzimmer gehen, hinter der verschlossenen Tür kichern, die Stehlampe umwerfen und sich auf dem Bett und manchmal auf dem Teppich wälzen. Einmal hat das Mädchen Simone sich beide Ohren mit den Zeigefingern zugehalten und ihr Auge ans Schlüsselloch gepreßt, und sie hat den Hintern ihres Vaters gesehen, der sich in der Luft bewegte, nackt. Das Mädchen Simone ist in den Garten gegangen, hat sich hinter die Johannisbeersträucher gehockt und geschworen, daß sie es niemals mit sich machen lassen wird. Aber in dem Sommer, als die Schwedin ertrunken ist, versteht sie, daß sie nicht entkommen wird, daß sie gar nicht entkommen will. In ihren Träumen erscheinen jede Nacht Männer, die sie mit glasigen oder glänzenden Augen ansehen, ihren Busen durch die Bluse berühren, die Bluse aufknöpfen, fast immer reißen sie vor Ungeduld die Knöpfe ab, und Simone muß sie am Boden suchen, und die Männer streifen mit ihren großen haarigen Händen zwischen ihre Beine, streifen die Stelle, die seit dem Sommeranfang immer brennt, die Stelle, die sich den Berührungen entgegenstreckt, und manchmal drückt das Mädchen Simone die Schenkel zusammen, nur damit die Hände sie grob auseinanderdrücken, und sie hört Männerstimmen, die ihr Befehle erteilen, ihr schmutzige Dinge sagen, und sie fühlt Männerfinger mit behaarten Knöcheln, die sich unter den Saum ihrer Unterhose in das Feuchte hineinschieben, und jede Nacht beißt sie ins Kopfkissen, um ihr Stöhnen zu ersticken.

Willst du etwas sagen, Mone? fragt die Frau. Nick behauptet, daß du zu sprechen versuchst, aber ich habe noch nichts davon gemerkt. Diese Töne, die du manchmal machst, die bedeuten gar nichts, oder? Wenn du willst, daß man etwas versteht, mußt du dir schon Mühe geben, du mußt artikulieren. Ar-ti-ku-lie-ren. Verstehst du? Jeden Buch-sta-ben deu-tlich aus-spre-chen. Sag mal: Mam-ma.

Ihre Augen starren auf den Mund. Die Lippen sind geöffnet. Kein Ton kommt heraus.

Sag: Maaaaaa-ma. Mam-ma. Das ist doch ganz einfach. Ma-ma.

Die Frau schüttelt den Kopf. Zündet sich eine Zigarette an, weil das die Schnaken verjagt. Bläst den Rauch zu der Birke.

Weißt du noch, Mone, wie du aufgehört hast, mich Mama zu nennen? Ich kann mich nicht genau erinnern, ob du elf oder zwölf warst, aber das war im Urlaub, am Meer, kannst du dich erinnern? Nicht in Italien, in Nordspanien war das. Ein Mädchen ist ertrunken, eine aus dem Norden, glaube ich. Armes Mädchen. Von einem Tag auf den anderen hast du nur noch Helga zu mir gesagt. Komm, Mone, versuch es mal mit Helga, wenn es dir lieber ist. Hel-ga. Hel-ga. Oder sag deinen Namen. Si-mo-ne. Mo-ne.

Birke, versucht der Mund zu sagen.

Du machst bloß Blasen, sagt Helga, hör auf damit. Sag ein richtiges Wort. Sag Mama, das ist doch nicht so schwer, das kann doch jedes Kind.

Ihre Hand nimmt ein Taschentuch, wischt den Mund ab.

Ma-ma. Sag Mama. Und hör auf herumzuspucken. Komm, Mone, du willst doch wieder normal werden, oder? Du mußt sprechen, verstehst du, richtige Worte sagen, einfach reden! Streng dich an, hast du kapiert?

Helgas Hand hat sich im Oberarm festgekrallt. Schüttelt. Ihr Gesicht ist sehr nah an dem Gesicht. Asymmetrisch. Der Unterkiefer nach links verschoben, die Zähne zusammengebissen. Die Augen, zornig.

Du sabberst, das ist eklig. Hör auf zu sabbern, Mone, das ist widerlich, pfui, Mone, so was tut man nicht! Mensch, du widerst mich an!

Helga läßt den Arm los, geht ins Zimmer, kommt zurück, bleibt in der Balkontür hinter dem Rücken stehen. Sagt nichts.

Um die Birke fliegen Schnaken, Wespen, Bienen, Stechfliegen. Eine Hornisse. Staub in der Luft. Eine Spinne. Hängt an einem Faden. Läßt sich hinunter. Kommt näher. Ist klein.

Ich sollte uns etwas zu essen holen, sagt Helga und räuspert sich, es ist schon drei Uhr vorbei, wir haben immer noch nicht zu Mittag gegessen.

Ihre Stimme zittert, klingt falsch.

Bei der Hitze hat man keinen richtigen Hunger, sagt sie, oder hast du Hunger?

Ihre Stimme steigt. Bettelt.

Ich könnte uns einige Tomaten schneiden. Mit Mozzarella, du hast es früher so gern gegessen, Mone.

Eine Hand legt sich auf eine Schulter, zittert.

Mone, möchtest du Tomaten? Sag doch bitte. Sag etwas.

Die Stimme stürzt ab. Helga, die Frau, nimmt ihre Hand von der Schulter, geht aus dem Zimmer, knallt die Tür zu. Läuft die Treppe hinunter, knallt die Küchentür. Dreht das Radio auf und lauter. Etwas fällt auf den Boden und bricht. Eine Glasschüssel. Tausend Scherben. Scherben bringen Glück.

Um die Birke Insektengeflirre, Gold in der Luft. Summt. Jemand schließt die Augen. Spürt auf der Brust Tatjanas Kette. Will die Hand heben, um die Kette zu berühren. Zu weit. Müde.

Magst du etwas trinken, Simone? Hier ist kalter Tee mit Zitronensaft. Das ist gut bei der Hitze. Hier. Langsam. Nicht so hastig. Gut so.
Helga hat rote Augen. Hat in der Küche geweint. Weint nicht mehr, setzt sich, trinkt einen Schluck, nimmt eine Zigarette, zündet sie nicht an. Blickt in die Ferne.
Weißt du, sagt sie, zu meiner Zeit hatten wir es nicht so leicht wie ihr beim ersten Mal und sonst auch nicht. Es gab keine Pille, man mußte aufpassen. Ich hatte Glück, damals im Wald, der Wolfgang hat aufgepaßt. Er war nett, ich würde gern wissen, was aus ihm geworden ist. Irgendwann hat er geheiratet, die Tania, eine dicke Dunkelhaarige, die mit uns in der Schule war und in jeder Turnstunde geheult hat, weil sie die Übungen nicht konnte. Sie haben ein Kind bekommen, sind weggezogen. Den Wolfgang habe ich nur einmal wiedergesehen, bei einem Klassentreffen. Zwanzig Jahre Abitur. Da muß ich

schon sagen, ich war froh, daß es mit uns nicht gehalten hatte. Er war fett geworden, eine richtige Tonne. Dein Vater, Mone, der ist nie fett geworden. Bis zum Ende nicht. Er hat immer auf seine Figur geachtet. Na ja, dünn war er nicht, ein kleines Bäuchlein hatte er schon, aber sogar in Badehose konnte er sich bis zum Ende sehen lassen. Ja, Mone, dein Vater war ein attraktiver Mann. Und stark war er. Wie ein Stier.
Helga lacht, ihr Lachen zerbricht. Sie zerdrückt eine Träne. Schluchzt.
Wenn du wüßtest, wie einsam ich bin, seit er gegangen ist, Mone.
Sie schluchzt, lehnt sich auf die Balkonbrüstung, legt den Kopf auf die Arme. Ihre Schultern zucken, am Anfang schnell und viel, dann langsamer. Als sie fertig geweint hat, richtet sie sich auf, wischt sich das Gesicht, dreht sich um und sieht in die Augen. Ihre Wimpern sind verklebt.
Dir ist alles egal, Simone, sagt sie, das weiß ich, schon als Kind war dir alles egal. Ich habe dich ganz selten weinen gesehen, nur manchmal, mit fünf oder sechs, wenn du dir wehgetan hast, später nicht mehr. Du hast nicht einmal geweint, als dein Vater gestorben ist. Ich glaube, du hast gar keine Gefühle. Du liebst mich nicht, Mona. Ich glaube, du hast mich noch nie geliebt.
Sie hat schmale Lippen, Mundfalten, Stirnfalten, Augenfalten, ihr ganzes Gesicht ist eingefallen. Sie ist grau. Nur die Augen sind dunkel und glänzen von den Tränen.
Ich opfere mich für dich, sagt sie, seit Monaten sitze ich Tag für Tag bei dir und kümmere mich um dich, und

nichts geschieht, du machst überhaupt keine Fortschritte, wenn ich mit dir rede, reagierst du nicht, in deinen Augen sehe ich rein gar nichts, ich glaube, dir ist wirklich alles egal, wo du bist und wer sich um dich kümmert, und ich bin nur die Dumme, die immer hier bleibt, dabei möchte ich so gern verreisen, mit der Rente hätte ich genug dazu. Weißt du, was ich tun möchte? Ich möchte endlich die Luise in Nizza besuchen, sie hat damals einen netten Franzosen geheiratet, der hier stationiert war. Der hatte schöne Augen und keinen Pfennig Geld, aber sie war verliebt. Sie hat kein Wort französisch verstanden. Nur je t'aime, sonst nichts. Das hat gereicht. Ihre Eltern waren dagegen, und seine Eltern haben getobt, als sie erfahren haben, daß er eine Deutsche nach Hause bringt! Gleich nach dem Krieg, eine Deutsche und ein Franzose, das war nicht leicht. Sale Boche, haben seine Eltern am Anfang zu Luise gesagt, jeden Tag haben sie sale Boche zu ihr gesagt, aber Luise war das egal, sie war ein wenig wie du früher, Mone, stur und störrisch, wenn sie etwas wollte, hat sie gekämpft. Sie hat es nur besser angepackt als du, das ist alles. Weißt du, was sie sagte? Solange Jean mich liebt, sagte sie, bin ich glücklich.
Die Zweige der Birke zittern. Kein Wind. Eine Amsel purzelt hinunter. Sie kommt schon lange nicht mehr auf den Balkon. Nicht einmal mehr auf die Balkonbrüstung. Das Weibchen ist verschwunden. Nelly hat das Nest entfernt, bevor es fertig war. Diese Stadtvögel, sagte sie, die machen nur Dreck und sind alle krank.
Habe ich dir je die Fotos von Luises Hochzeit gezeigt?

fragt Helga, die hat richtig geheiratet, nicht wie du, und die hat richtig gefeiert, wir haben die ganze Nacht getanzt! Meine Güte, sind das alte Geschichten! Und Luise hat französisch gelernt und deutsch verlernt, weißt du, wenn sie deutsch spricht, fehlen ihr Wörter, auch ganz einfache Wörter, und sie spricht mit französischem Akzent. Am Telefon klingt das lustig.

Die Luft steht um die Birke. Dick. Schwer. Kein Wind. Später am Nachmittag sind Gewitter möglich, hat die Stimme aus dem Radio angekündigt.

Als dein Vater gestorben ist, fährt Helga fort, hat sie mich angerufen, und auch, als sie von dir erfahren hat, das wußte sie von ihrer Familie. Aber da war es mir nicht so recht. Ich mag es nicht, wenn die Leute über uns reden, das ist so schon schlimm genug.

Die Frau seufzt, wischt sich die Augen, zieht den Rotz hoch.

Ach ja, sagt sie, etwas ist in der Luft, das reizt die Schleimhäute. Muß wohl Pollen sein. Irgendwelche Gräser, weil die Birke schon ausgeblüht ist. Ja, ja, mit den Jahren wird man empfindlich. Wo war ich denn? Ich habe den Faden verloren, das kommt davon, daß niemand mit mir redet, man dreht langsam durch, wenn man sich nicht unterhalten kann. Ich sage es dir, Mone, ich glaube, wenn ich nur mit dir leben würde, würde ich irgendwann, ich weiß nicht was, ich glaube schon, daß ich dir irgendwann weh tun würde. Ich könnte dich schlagen, Mone. Dich ohrfeigen, bis du antwortest. Und hör doch endlich auf zu sabbern, das halte ich nicht aus!

Ihre Stimme, schrill. Ihre rechte Hand hebt sich. Hängt in der Luft, sinkt zurück. Hat nicht geschlagen. Hat nicht weh getan.

Gott sei Dank kommen die anderen bald zurück, sagt sie, guck nicht so, Mone, ich tue dir schon nichts. Aber ich muß in Urlaub, glaube mir, sonst werde ich verrückt. Ich werde Luise besuchen. Meine Freundin Luise. Weißt du, was sie in Frankreich gemacht hat? Zuerst hat sie in den Kneipen bedient, und plötzlich, niemand weiß wie, ist ihr Jean Hotelbesitzer geworden. Luise saß an der Rezeption und begrüßte die Gäste. An der Riviera. In einem kalkweißen Palast mit Säulen und Palmen vor der Tür und Hollywood-Schaukeln auf der Terrasse und Springbrunnen im Garten, ich habe den Prospekt gesehen. Sie sagt, ich soll nach der Saison kommen, da hat sie Zeit für mich. Sie freut sich schon, mich wiederzusehen. Sie hat gesagt, komm, Helga, ab Mitte September werde ich für dich das schönste Zimmer reservieren, das hat Stuck an der Decke und einen Balkon mit Blick aufs Meer, und du brauchst gar nichts zu bezahlen. Ich war noch nie dort, Mone, weißt du, dein Vater mochte Luise nicht und den Jean noch weniger. Er fand die beiden arrogant, aber das waren sie nicht, sie waren nur höflich und vornehmer als wir, das muß man sein, wenn man im Hotel arbeitet und lauter reiche Leute bedient. Dein Vater hat das nicht verstanden. Ich glaube, er mochte die Franzosen einfach nicht, das hatte noch mit dem Krieg zu tun, er ist immer lieber nach Italien oder nach Spanien gefahren. Weißt du noch, wir waren fast jedes Jahr am Meer, der Horst und ich!

Die Frau trinkt ein wenig kalten Tee. Stellt das Glas ab, schließt die Augen. Atmet tief, als wäre sie nicht auf dem Balkon, bei der Birke, sondern weit weg, am Meer, mit ihrem Mann Horst, und sie lächelt, als würde sie sich daran erinnern, wie glücklich sie war, dann öffnet sie die Augen, und das Glück verschwindet aus ihrem Gesicht. Sie drückt eine Träne aus, und noch eine, und noch eine, und weint, ohne sich zu verstecken. Sie zeigt ihre geröteten Augen, ihre geschwollene Nase, ihr fleckiges Gesicht, schluchzt Satzteile dazwischen, immer dasselbe, daß sie nicht mehr mag, daß sie nicht mehr kann, daß sie nicht mehr mag und nicht mehr kann, daß alles zuviel ist, daß sie es nicht erträgt, und das Alleinsein nicht erträgt, und wenn sie sich ausgeweint hat, geht sie hinunter in die Küche, kommt mit einer Schüssel Eiswasser, in der sie einen Waschlappen tränkt. Zuerst legt sie ihn auf ihre Augen, dann auf ihre Stirn, dann wäscht sie damit ihr Gesicht und ihren Hals.
Das tut gut, Mone, sagt sie, möchtest du auch? Antworte. Sag ja. Du kannst auch nicken, wenn es dir lieber ist. Oder blinzeln. Ich brauche ein Zeichen, Mone. Ein winziges Zeichen, daß du etwas verstehst. Bitte.
Die Frau beugt sich nach vorne, den Waschlappen in der Hand. Tröpfelt.
Ja. Ja. Sag ja. Ja. J und A. Ja. Jajaja. Komm, Mone, das ist doch gar nicht so schwer.
Ja sagen. Ein J bilden, dann ein A. Den Mund öffnen, nur vorne, nicht viel. Blasen bilden sich auf der Zunge. Nicht sabbern. Zwischen Gaumen und Zunge einen Raum schaf-

fen, die Luft zischen lassen. Geht nicht. Zuviel Spucke im Mund.
Ich weiß nicht, was du da für Töne machst, Mone. Du sollst einfach ja sagen. Nicht sabbern.
Helga, die Mutter, tränkt den Waschlappen in der Schüssel, wischt die Spucke vom Mund, tränkt den Waschlappen, wäscht das Gesicht, die Hände, die Füße, tränkt den Waschlappen, spritzt mit Wasser, dasselbe Wasser für sie und für den Körper, viele Wassertropfen. An der Innenseite der Arme bekommt der Körper Gänsehaut.
Das tut gut bei der Hitze, nicht wahr, Mone, sagt sie, läßt den Wachlappen in die Schüssel fallen, wringt ihn aus, legt ihn auf ihren Nacken, setzt sich zurück auf ihren Stuhl, greift nach einer Zigarette. Weißt du, Mone, ich habe immer Rücksicht auf die anderen genommen, mein ganzes Leben lang, nur mit Wolfgang nicht, der war so verschossen in mich, der mußte einfach nach meiner Pfeife tanzen, und ich habe nur getan, was ich wollte, nur an mich gedacht!
Helga lacht. Sie zündet ihre Zigarette an, spitzt den Mund nach vorne, küßt die Luft, steht auf.
Mone, sagt sie, wirst du mich vermissen, wenn ich wegfahre?
Sie sieht in die Ferne.
Nizza muß wunderschön sein, sagt sie. Ich weiß schon, daß es überlaufen ist, im August ist es überall voll, aber ich werde im September fahren, wenn die Saison zu Ende geht. Sollen sich die anderen um dich kümmern, Mone,

dein Mann hat genug Geld, er soll eine Schwester engagieren. Wer weiß, vielleicht würde Schwester Nelly kommen. Ich brauche Ferien, Mone. Das macht mich verrückt, immer nur mit dir zu sein, wenn ich daran denke, daß es noch Jahre so weitergehen kann. Ich halte es nicht aus, Mone, ich muß in Urlaub. Alle anderen sind weg, und ich bleibe bei dir, Mone, das ist nicht gerecht, in meinem Alter kann man doch noch etwas vom Leben haben, wenn man sich nicht so dumm anstellt.
Die Frau drückt die Zigarette aus. Blickt auf die Uhr. Wischt sich mit dem Waschlappen den Schweiß vom Gesicht.
Wenn ich dich einmal ganz allein lasse, sagt sie, wenn ich nicht mehr kann, werden sie dich ins Heim stecken. Keiner wird sich um dich kümmern. Jeder hat sein Leben hier, nur ich nicht.
Sie trinkt den kalten Tee aus. Seit Schwester Nelly in Urlaub ist, trinkt sie tagsüber keinen Alkohol mehr, nur abends, als Aperitif, sagt sie, wie die Franzosen, aber in Wahrheit trinkt sie, weil sie sich vor der Dämmerung fürchtet, schon lange bevor sie einsetzt. Weil sie sich nicht wohl fühlt, seit die Männer weg sind.

Im Sommer wird überall eingebrochen, sagt Helga zu der Krankenschwester, nichts gegen Sie, Frau Dehmel, aber es wäre besser, wenn ein Mann im Haus schlafen würde.
Frau Dehmel zuckt mit den Achseln. Sie redet nicht. Gießt den Garten mit dem Wasserschlauch, jeden Abend. Gießt die Birke mit mehreren Gießkannen, weil der Wasser-

schlauch zu kurz ist. Jeden Abend. Wenn sie fertig ist, sperrt Helga die Fenster und die Türen zu, bereitet das Essen vor, trinkt ein Glas Bier zum Essen, um den Durst zu löschen, sagt sie, und danach Rotwein, weil Rotwein beruhigt, sagt sie, und bevor sie schlafen geht, nimmt sie eine Schlafpille. Sie schläft wie ein Stein, sagt sie. Hört nichts. Hört nicht die Krankenschwester, die barfuß durchs Haus herumgeistert.

Der Körper liegt im Bett und zittert. Wolken, Schwarz und gelb am Himmel. Blitze. Einige Tropfen Regen. Zu wenig. Es donnert. Zu weit, zu leise. Helga schläft, hört nichts.

Die Krankenschwester läßt Wasser in die Badewanne laufen, tippelt leise ins Schlafzimmer, öffnet die Schubladen, schiebt die Hand zwischen gebügelte Wäscheschichten, hebt Matratzen, dreht Bilder um, leuchtet mit der Taschenlampe unters Bett. Sie sucht das Haus durch. Findet die abgelaufenen Kreditkarten, die Hans nicht wegwirft, sondern in einer Schachtel aufhebt, Dutzende von Kreditkarten. Findet Geld, nicht viel. Setzt sich neben das Bett und zeigt ihre Funde.

Bei deinem Sohn waren fünfzig Mark in einem Buch über Eisenbahnen versteckt, sagt sie und wedelt mit dem Schein, aber mach dir keine Sorgen, ich bestehle keine Kinder. Ich bestehle niemanden. Ich bin nur neugierig.

Die Krankenschwester interessiert sich nicht für fünfzig Mark. Nicht für Geld. Nicht für Schmuck. Sie sucht nach etwas anderem. Sie liest die Briefe, halblaut. Studiert die

Kontoauszüge. Kommentiert die Rechnungen. Ist der Meinung, daß die hundertsiebzig Mark für einen Sonnenschirm viel zu viel sind, besonders weil sich niemand in den Garten setzt und der Schirm voller Spinnweben behangen ist. Meint, daß etwas mit den Stromleitungen im Haus nicht stimmt, weil es nicht normal ist, daß die Elektrogeräte ständig kaputt gehen. Schau mal, sagt sie, innerhalb eines Jahres, ein neuer Staubsauger, eine neue Waschmaschine, ein neuer Fön, die Stereoanlage mußte repariert werden, ach, und noch ein neuer Toaster. Das gibt es doch nicht.
Sie hat einen karierten Block und einen kleinen Bleistift dabei, schreibt auf. Wieviel Geld die Familie ausgibt.
Ich bin nur neugierig, sagt sie, weißt du, es interessiert mich, wie die Leute leben.
Sie steckt den Block in die Kitteltasche. Nimmt ein Fotoalbum aus dem Regal. Bläst den Staub weg. Blättert. Kommt näher.
Zieht einen Stuhl zum Bett.
Setzt sich.
Der Körper zittert. Schließt die Augen. Riecht den säuerlichen Geruch der Krankenschwester, gemischt mit den Veilchenpastillen.
Hier, sagt sie, schau her. Das bist du, auf diesem Bild. Öffne die Augen. Siehst du dich? Hier, in der Mitte. Erkennst du dich? Der Mann neben dir muß wohl dein Mann sein. Und hier. Du mit dem Baby im Garten. Das ist dein Sohn, Nick. Süß sieht er aus. Und du auch, du bist wie ein junges Mädchen, ganz in Weiß gekleidet. Oder

war das ein Nachthemd? Kann schon sein mit den Spitzen vorne. Und was ist das für ein Bild? Das paßt doch gar nicht hierher. Deine Mutter ist älter geworden. Meine Güte sieht die Frau verbraucht aus. Oder war sie krank? Oder ist sie so, seit dein Vater gestorben ist? Du hättest das Datum und den Anlaß schon dazu schreiben können, man findet sich gar nicht zurecht. Warum hast du das Foto da eingeklebt? Was ist in den Jahren dazwischen passiert? Habt ihr gar keine Familienfotos gemacht? Das verstehe ich nicht. Der Junge da muß dein Sohn sein, aber er ist mindestens schon zehn oder zwölf Jahre alt. Und du, wo bist du an diesem Tag?

Jemand steht in der Küche mit einem Handtuch in beiden Händen. Obstfliegen steigen aus dem Mülleimer. Jemand öffnet die Backofentür. Glühende Hitze strömt heraus. Jemand kniet sich vor dem offenen Backofen auf die Steinfliesen. Das Gesicht glüht. Jemand greift vorsichtig mit nackten Unterarmen in das Dunkle hinein. Langsam in die sengende Hitze. Die heiße Luft trocknet die Lunge aus. Tränen verdorren in den Augen. Nicht bewegen. Fleisch braucht dreißig bis vierzig Minuten, bis es innen gar und außen knusprig ist. Was tust du hier, sagt eine Männerstimme, wir warten auf dich, es riecht komisch hier, hast du den Kuchen anbrennen lassen. Simone! Hörst du mich? Bist du taub? Simone! Bist du verrückt geworden? Jemand dreht sich um, sagt nein, der Kuchen ist eben erst fertig geworden, Streusel mit Aprikose, oh, stimmt, du hast recht, der Boden ist etwas angebrannt.

Was hast du hier? fragt die Männerstimme, nimmt den Unterarm, dreht ihn zum Fenster – meine Güte, sagt er, ruft in den Garten, ruft, Frauen eilen herbei, reden durcheinander, jemand sitzt auf einem Stuhl im Bad, hält den Arm unter Wasser, rechts steht eine Frau und streitet mit dem Mann, der links steht, sie wollen ins Krankenhaus fahren, streiten darüber, welches für Brandwunden besser ist. Ich will nicht ins Krankenhaus, sagt jemand. Ich habe Hunger. Ich möchte ein Stück Kuchen. Streusel mit Aprikose. Ohne Sahne. Und eine Tasse Kaffee, bitte. Tut es sehr weh? fragt die Männerstimme. Was denn? fragt jemand zurück.

4

Es sind die letzten schönen Tage, sagt Helga unten im Garten. Wir haben Glück mit dem Wetter.
Die Wespen nerven, sagt Nick.
Darf ich noch ein Stück Kuchen haben? fragt die Herrscherin der Meere.
Dein Vater hat versprochen, um vier da zu sein, sagt Helga, ich weiß wirklich nicht, wo er bleibt.
Der sitzt irgendwo mit seiner Sekretärin und diktiert Briefe, sagt Nick gehässig. Wie immer.
Ich hätte gern Schwester Nelly dabei gehabt, sagt Helga, wenn wir das alles bereden, aber dein Vater wollte nicht. Er meint, das geht nur die Familie an. Warum er dann diese Frau gerade heute hierherbringen will, das verstehe ich nicht. Was hat die denn mit der Familie zu tun! Seine Sekretärin!
Ach, Oma, sagt Nick, stell dich nicht so an. Tue nicht so, als würdest du nichts verstehen. Sie gehört zur Familie. De facto, schon lange. Und de jure ist nur noch eine Frage der Zeit.
Siehst du, sagt Helga, manchmal kann Latein nützlich sein.
Sehr, sagt Nick. Für vier Wörter sieben Jahre meines Lebens gelitten, jede Woche mehrere Stunden.
Du übertreibst, sagt Helga. Warum bist du so gereizt?
Das Telefon klingelt, sagt Tatjana.

Bist du sicher? fragt Helga, ich höre nichts. Ach doch. Ich gehe schon.
Ich wette, daß er dran ist, sagt Nick, tut mir leid, ich habe mich verspätet, tut mir leid, ich schaffe es gar nicht mehr, tut mir leid, mir ist etwas dazwischen gekommen, tut mir leid, tut mir leid. Mir tut es nicht leid. Wenn er hier auftaucht, werde ich ihm die Meinung sagen.
Eine Amsel fliegt von der Birke auf die Balkonbrüstung zu, wechselt im Flug die Richtung. Verschwindet.
Wenn er nur nicht mein Vater wäre, sagt Nick leiser, nur für Tatjana. Ich könnte ihn schlagen.
Ich bin schon da, ruft Helga aus dem Garten, als könnte der Anrufer sie hören, eilt durchs Wohnzimmer, dann in den Flur. Hallo?
Sie atmet laut.
Ich verstehe, sagt sie ins Telefon. Schade. Ich verstehe schon. Also gut. Bis später.
Ich hoffe, daß er nicht kommt, sagt Nick im Garten, ich hoffe, daß er den Anstand hat, nicht zu kommen. Nicht mit ihr, nicht mit seiner Neuen.
Deiner Mutter ist es egal, sagt Tatjana.
Mir nicht, sagt Nick. Ich könnte ihn umbringen. Das ist nicht das erste Mal.

Der Sohn schreit den Vater an, spuckt beim Schreien, der Vater schreit den Sohn an, spuckt beim Schreien. Der Sohn und der Vater, gleich groß, zwei Männer mit roten Gesichtern, die Augen starr, die Lippen schmal, sie stehen sich gegenüber, ballen die Fäuste. Jemand steht dazwischen. Bittet, bettelt. Weint. Streckt die Arme auseinander, fängt die erhobene Hand des Mannes, schiebt den Jungen zurück. Das ist eine Frau, sie hat lange Haare, früher war sie die Herrscherin der Meere, dann hat sie einen Mann geheiratet und einen Sohn geboren. Der Sohn heißt Nick, ist kein Kind mehr. Der Mann heißt Hans, ist ein anderer geworden. Die Herrscherin der Meere hat keinen Namen, hat ihren Namen vergessen. Ist aus dem Meer gestiegen, an Land gegangen, hat ihren Namen vergessen. Hat das Schwimmen verlernt. Ist gefangen in einem Haus mit Garten. Die Frau trägt ein Sommerkleid mit Reißverschluß im Rücken. Sie hat lange Haare. Ihre Beine sind nackt. Sie steht zwischen zwei Männern, dem Sohn und dem Vater. Sieht den einen, sieht den anderen. Sieht ihre Augen, ihre Gesichter, ihre Fäuste. Erkennt sie nicht mehr. Hört das Geschrei über ihrem Kopf. Versteht die Worte nicht. Sie hält die Männer auseinander, die Arme ausgebreitet. Als der Schlag sie trifft, dreht sie sich um die eigene Achse, sieht die Birke vor sich. Hat Schwindel im Kopf. Geht auf die Birke zu, will ihren Kopf an den silbrigen Stamm lehnen. Ihre Augen flattern. Geblendet von tausend Lichtscherben. Schwarz. Sie erkennt das Haus nicht mehr, den Garten nicht mehr. Sie weiß ihren Namen nicht mehr. Sie sieht aufgerissene Münder und die ausgestreckten Arme zweier Männer, die nach ihrem Körper greifen, geht und dreht sich um die eigene Achse, sieht die Birke, die auf sie zukommt, ihre Äste ausbreitet und mit den Zweigen winkt. Sie sieht den geraden Stamm, schwarz und silbern, öffnet die Arme. Etwas fließt aus

ihrem Mund. Warm. Jemand fällt, stürzt von weit oben. Eine Hand wischt den Mund im Fallen. Augen sehen die Hand. Rot. Blut. Der Mund will schreien. Öffnet sich. Hat den eigenen Namen vergessen. Hat die Worte vergessen. Hat die Töne vergessen. Jemand stürzt. Die Birke lächelt. Streckt ihre Äste entgegen. Winkt mit ihren Zweigen. Leise. Eine Amsel fliegt davon. Jemand will sich an dem Stamm halten. Eine Hand streckt sich, hat die Bewegung vergessen, zeigt zum Himmel. Greift nach den Zweigen, berührt Blätter. Die Sonne bricht in Scherben dazwischen. Es regnet Lichtscherben. Die Augen tun weh. Jemand will fliehen. Fällt. Stürzt. Vom Himmel prasseln Steine herunter, Schläge aus offenen Mündern, Blut fließt, Finger graben sich in die Erde, halten sich fest, wurzeln.
Birke, sagt jemand, den Mund voller Erde.

Eine Frau sitzt in einem Rollstuhl auf dem Balkon. Sie hat kurze Haare. Schwester Nelly hat ihre Haare geschnitten. Deine Haare sind nachgewachsen, sagt Helga, die Mutter, sie wachsen schnell und sind fest, kräftiger als vorher, bald siehst du genauso aus wie früher, Simone.
Helga streichelt die Haare und geht.
Die Frau auf dem Balkon schließt die Augen. Sie weiß nicht, wie sie früher ausgesehen hat. Versucht, sich zu erinnern. In ihr Gedächtnis fallen Töne und Bilder ein, schrill und grell, tun weh, stoßen zusammen, erschüttern ihr Gehirn, verschwinden und hinterlassen Trümmerlandschaften, Ruinen, Reste, die sich nicht zusammenfügen.

Sie weiß nicht, wie sie jetzt aussieht. Sie hebt die Hand, möchte ihr Gesicht berühren, läßt die Hand erschöpft fallen. Sie kennt ihr eigenes Gesicht nicht.
Frau Dehmel hat ihr ein Gesicht auf einem Foto gezeigt, das fingerkuppengroße Gesicht einer jungen Frau, die mit einem Baby auf dem Arm in die Kamera lächelt. Das bist du, hat Frau Dehmel gesagt, aber die Frau hat das Gesicht nicht erkannt.
Sie sieht mit geschlossenen Augen vor sich das fremde Gesicht einer jungen Frau mit einem Baby auf dem Arm, ihr Lächeln. Versucht, ihren Ausdruck nachzuahmen. Zieht die Lippen nach oben, entblößt die Zähne. Geht nicht. Die Frau auf dem Balkon kann nicht lächeln. Das Baby auf dem Arm fehlt. Ist nicht tot, ist groß geworden, fast erwachsen. Er heißt Nick.
Die Frau auf dem Balkon kann sich nicht erinnern. Es fehlen zu viele Stücke. Sie erinnert sich an den Sturz im Garten, erinnert sich an den Geschmack der Erde im Mund. An schwarz und weiß. Dann wieder an nichts mehr. Nur an die Birke.
Die Frau auf dem Balkon wird Simone genannt, wie die junge Frau auf dem Bild, ist aber nicht mehr jung und noch nicht alt wie Helga, die Mutter. Die Frau weiß nicht, wie alt sie ist. Weiß nicht, wann sie geboren ist. Muß es wissen. Sucht im Gedächtnis nach dem Datum. Findet nichts. Einmal haben Nick und Tatjana ihr Kuchen gebracht, mit Kerzen darauf, dann haben sie Happy Birthday gesungen, es war Frühsommer, aber wann? Welcher Tag von welchem Monat von welchem Jahr?

Niemand sagt der Frau auf dem Balkon die Dinge, die sie wissen muß. Sie sucht allein im Dunkel, in den Windungen ihres Hirnes. Sammelt alles auf, was sie findet, was sie hört, was sie sieht, auch wenn sie es nicht erkennt, auch wenn es wehtut. Wühlt, sortiert, ordnet. Strengt sich an. Hat Kopfschmerzen, ist müde vom Suchen. Ist allein.
Die Krankenschwester Nelly, die Mutter, der Sohn kümmern sich um ihren Körper, sie füttern, waschen, ziehen an und aus, wickeln, setzen den Körper auf die Toilette, in den Rollstuhl, schieben ihn auf den Balkon zu der Birke, zurück ins Zimmer, heben den Körper, legen ihn ins Bett. Dann gehen sie und sagen, tschüs, Mone, bis später oder bis morgen, oder sie sagen gute Nacht oder gar nichts.
Die Frau auf dem Balkon ist nicht dieselbe wie auf dem Foto. Sie kann nicht im Garten stehen, kann kein Baby auf dem Arm tragen, hat kein Baby und keinen Mann an ihrer Seite. Sie sitzt im Rollstuhl mit einer karierten Decke um die Beine geschlungen. Es herbstelt schon, hat Schwester Nelly gesagt, aber es ist noch warm für die Jahreszeit. Die Frau auf dem Balkon hält die Augen geschlossen. Sie friert. Sie hat einen Körper ohne Gesicht, ohne Lächeln. Sie kann die anderen sehen, von ihnen gesehen werden, kann sich selbst nicht sehen. Sie hat noch nie das eigene Bild im Spiegel gesehen. Sie sieht sich nur in den Augen der anderen, unscharf, verformt, zerstückelt, und manchmal am Abend, wenn die Mutter vergißt, die Gardine zuzuziehen, sieht sie den Umriß eines Gesichtes im dunklen Fenster, sieht eine Form, dunkel wie ein Loch, sieht einen

Fleck, der sich nur wenig von der Nacht abhebt. Dahinter ist die Birke.

Die Frau will ihre Augen sehen, in die eigenen Augen eintauchen, nicht nur deren Farbe wissen. Sie muß in die Augen sehen, um sich zu erinnern, und sie muß sich erinnern.

Die Frau hat viele Namen, weiß nicht, welcher richtig ist. Heißt Simone, Mone, Mona, Mutter, Mama. Sie heißt auch Simone Berger, geboren Schmitt, so steht es in ihrem Ausweis, den hat ihr ein kleiner Mann gezeigt, der vom Gericht kam, verstehen Sie mich, Frau Berger? hat der kleine Mann gebrüllt, als wäre sie taub, und dann noch: Auf Wiedersehen, Frau Berger. Manchmal sagt jemand du und stellt Fragen. Die Frau hört alles. Nimmt alles auf. Versucht, die Stücke zu ordnen, kann keine Fragen beantworten. Sie muß zuerst das eigene Gesicht erkennen, den richtigen Namen erfahren. Sie sucht nach ihrem richtigen Namen. Früher hieß sie auch Kleines. Der Vater nannte sie so, und später manchmal der Mann. Jetzt nicht mehr.

Jetzt benutzt die Mutter pausenlos Namen, wiederholt sie, bis sie nichts mehr bedeuten. Wenn sie einen guten Tag hat oder besonders nett sein will, sagt sie: Du bist so hübsch heute, Simone, dieses Kleid steht dir gut. Oder: Guten Morgen, Mone. Oder: Wie geht es dir heute, Simone, hast du gut geschlafen? Die Mutter erträgt die Stille nicht, plappert vor sich hin, sagt lauter Sachen, die nicht zählen, gestern, Simone, habe ich eine Reportage über Biber gesehen, die sind so putzig, die hätten dir

gefallen, Mone, magst du noch Kartoffelsalat, Mone, bist du müde, Simone, deine Augen sind geschlossen, magst du schlafen, Mone, Simone, träum süß, Mone, Mone, Simone, gute Nacht.
Die Frau auf dem Balkon kann nicht schlafen. Sie schließt die Augen, sucht nach innen, kann nicht aufhören zu suchen. Hat Angst, nichts zu finden.

Ihre Augen sind geschlossen, sagt Nick, lassen wir sie schlafen.
Ich bleibe ein wenig bei ihr, sagt Tatjana, ich komme gleich.
Die Frau auf dem Balkon spürt, wie eine Hand ihre Hand berührt, über ihre Finger streichelt. Den Daumen, den Zeigefinger, den Mittelfinger, den Ringfinger, der keinen Ring mehr trägt, weil die Finger zu dünn geworden sind.
Wie du möchtest, sagt Nick. Ich sitze im Garten. Ich muß noch Physik lernen. Soll ich dir ein Stück Kuchen aufheben?
Die Frau erinnert sich an einen Kuchen, einen anderen Kuchen. Früher. Hat vergessen, wer ihn gebacken hatte, weiß nicht mehr, was es für ein Kuchen war, Aprikosen, Zwetschgen, Äpfel?
Nein, danke, sagt Tatjana, ich habe keinen Hunger.
Sie streichelt sanft über die Finger. Dreht die Hand um, fährt die Linien entlang.
Meine Großmutter kann das, sagt sie, sie würde dir die Zukunft lesen, aus der Hand, aus dem Kaffeesatz.

Die Frau im Rollstuhl weiß nicht, was Zukunft ist. Hat Angst. Ihre Finger schließen sich über die Handfläche, verdecken die Schicksalslinie, umschließen Tatjanas Finger, halten ihn fest, lassen ihn los. Die Frau hört in ihrem Kopf die Stimme der Mutter, früher. Gib mir die Hand, sagt die Stimme im Befehlston, du darfst nicht allein über die Straße gehen, das weißt du genau, Simone, willst du mir endlich die Hand geben, gib mir die Hand, sonst kriegst du eine.
Die Hand der Mutter erhebt sich, schlägt auf eine Wange. Tut nicht weh, sagt jemand mit Mädchenstimme, tänzelt von einem Fuß auf den anderen und singt, tut nicht weh, tut gar nicht weh, tut kein bißchen weh, obwohl die Wange brennt, und bald brennt auch die andere Wange und der ganze Kopf. Sie hat mich so gereizt, sagt die Mutter am Abend zum Vater, ich habe ihr ein paar Ohrfeigen geben müssen. Ich weiß nicht, wie ich mit dem Kind fertig werden soll. Ein Mädchen sieht sich im Spiegel an, sieht die rote Nase, die roten Spuren auf den Wangen, die Tränen, die aus den Augen quellen, kurz an den Wimpern hängen und fallen.

Warum weinst du? fragt Tatjana. Was ist denn los mit dir? Die Frau auf dem Balkon antwortet nicht, kann nicht sprechen. Sie möchte die Hand bis zum Mund heben, möchte den Daumen in den Mund nehmen, lutschen, einschlafen, vergessen. Geht nicht.
Bist du traurig? fragt Tatjana.
Die Frau öffnet die Augen. Sieht in die Augen der Herr-

scherin der Meere, erinnert sich an ein Mädchen, das vor einem Spiegel steht und endlos wiederholt, ich will nicht. Ihr Gesicht ist verzerrt, rot angelaufen, naß und voller Tränen, auf einer Wange sind die Spuren von drei Fingern. Rot. Wie alt ist das Mädchen? Fünf? Sechs? Sie kann schon zählen, zählt die Spuren der Finger auf ihrer Wange. Das Mädchen heißt Simone.
Tatjana, ruft Nick von unten. Ich bin fertig!
Gut, ich komme gleich, ruft sie, dann streichelt sie die Wange der Frau im Rollstuhl und geht.

Die Frau sucht das Mädchen in ihrem Kopf. Findet nur Bruchstücke. Ihr Gedächtnis ist zerbrochen, in tausend Scherben. Sieben Jahre Unglück, wenn ein Spiegel zerbricht. Sieben Jahre. Das Mädchen hat etwas zerbrochen, Glassplitter bohren sich ins Fleisch hinein. Es tut weh. Sieben Jahre Unglück. Die Frau erinnert sich nicht. Nur an Einzelteile. Etwas fehlt, das die Einzelteile zusammenhalten würde. Aber was?

Der rote Faden, so steht es am Rande des Aufsatzes, achte Klasse Gymnasium, wo ist der rote Faden? Ungenügend, zweimal rot unterstrichen. Jemand, das ist ein Mädchen, ungefähr dreizehn Jahre alt, stopft unters Bett seine Zahnspange, einen Wollpulli mit einem Brandfleck von der ersten Zigarette, eine Schachtel Lucky Strike, eine Flasche Danzinger Goldwasser mit klebrigem Hals, das Foto von einem Mädchen, das eine Weile die beste Freundin war, ihr Gesicht ist mit einem Schnurrbart und einem dicken Pickel verunstaltet. Aus dem Pickel sprießen drei lange schwarze Haare, wie auf dem Kinn einer Hexe. Ich finde ihn nicht, sagt das Mädchen, aber ich bin sicher, daß ich ihn nicht verloren, sondern nur verlegt habe. Warum bist du so unordentlich, Simone, wirst du es denn nie lernen? O Gott, was für ein Saustall, sagt die Mutter, Simone, ich verstehe nicht, wie du in einem solchen Saustall leben kannst, das gibt es doch gar nicht, sieh mal her, alle deine schönen Kleider verknüllt am Boden! Und ich gebe mir soviel Mühe beim Waschen und beim Bügeln! Was habe ich denn falsch gemacht, daß du so schlampig bist, das gibt es gar nicht, wie willst du denn später einen Haushalt führen? Gar nicht, antwortet das Mädchen. Das werden wir schon sehen, sagt die Mutter. Jetzt hör mir gut zu, Simone, räum dein Zimmer auf, sonst gehst du nicht aus dem Haus. Und kehre unter dem Bett. Ich bin gespannt, was man da alles findet.

Also, Mona, sagt ein Mann, du könntest schon das Haus ein bißchen ordentlich halten, du hast doch nichts zu tun. Eine Frau kniet sich hin, blickt unters Bett, wirft einen langen Arm mit einer Handbürste aus, schiebt nur einige Staubmäuse, eine Socke, zwei schwarze Strumpfhosen mit Laufmaschen und eine schmutzige Unterhose ans Licht. Sie trägt schon lange keine Zahnspange mehr, das Danzinger Goldwasser schmeckt zu süß, sie trinkt lieber Wodka oder Whisky. Sie ist verheiratet, hat ein Kind, arbeitet nicht, geht nicht mehr in die Schule. Das Foto der besten Freundin ist zerrissen und in einem Aschenbecher verbrannt worden, sie hat die Asche in die Toilette geworfen, auf die Reste der besten Freundin gepinkelt. Die beste Freundin in die Toilette gespült.

Was war das? fragt die Herrscherin der Meere im Garten. Hast du das gehört?
Nein, sagt Nick. Was denn?
Ich dachte, ich hätte einen Schrei gehört. Als würde deine Mutter schreien, sagt Tatjana.
Du hast dich geirrt, sagt Nick. Vielleicht hat ein Kind irgendwo gerufen.

Die Frau auf dem Balkon hat keine Freundin mehr. Sie ist allein. Nachts wird sie in ein Zimmer gelegt, das kein Saustall ist. Alles aufgeräumt, abgestaubt. Sauber. Die Wäsche liegt gebügelt im Schrank, mit einem Säckchen Lavendel. Unter dem Bett sind keine Staubmäuse, keine schmutzigen Unterhosen. Jeden Tag wird die Frau gewaschen und frisch angezogen. Ihre Kleider riechen nach Weichspüler, und ihr Körper riecht nach Seife. Der eigene Geruch fehlt. Wenn sie in die Windel macht, saugt sie den Geruch ein, dann kommt Helga, die Mutter und sagt, o Gott, nicht schon wieder, dann zieht sie die Frau aus, wäscht sie, mit Seife, zieht ihr Kleider an, die nur nach Waschmittel riechen. Im Kopf sucht die Frau nach dem richtigen Geruch, nach ihrem eigenen Geruch, sie sucht nach einem roten Faden und findet ihn nicht. Der Kopf ist ein Saustall. Ungenügend.
Seit wann hast du hier nicht mehr aufgeräumt, Simone?

fragt die Mutter, überall Spinnweben, altes Zeug, gebrochene Teile. Überall Löcher. Du läßt alles kaputt gehen. Warum tust du das bloß? Was habe ich bloß falsch gemacht?
Warum haben Sie so lange gewartet? fragt ein Mann mit Brille, keine Haare auf dem Kopf, Sie hätten sofort kommen sollen, als Sie gemerkt haben, daß etwas mit Ihrer Frau nicht in Ordnung ist, wenn man gleich mit der Behandlung anfängt, kann man noch etwas tun, aber jetzt weiß ich nicht, was wir überhaupt noch für sie tun können. Das wird schwer.
Die Frau im Rollstuhl muß sich anstrengen. Muß besser werden. Muß aufräumen. Ihr Kopf ist ein Saustall. Sie muß Ordnung wieder herstellen. Die Löcher stopfen. Unnütze Teile ausmisten.

Möchtest du ein Stück Kuchen, Simone, fragt Helga, die Mutter. Ja? Oder bist du schon satt?
Lächelt. Wartet auf ein Zeichen.
Die Frau im Rollstuhl schließt die Augen. Sie hat keinen Hunger, will keinen Kuchen. Der Kuchen hat nichts zu bedeuten. Hat nicht die geringste Bedeutung. Oder doch?

Marie-Antoinette ist geköpft worden, weil sie dumm war, erzählt die Geschichtslehrerin, sie hat gesagt: Warum ißt das Volk denn keinen Kuchen, wenn es kein Brot hat, dann hat das Volk die Bastille gestürmt und angefangen, die Aristokraten zu ermorden, Simone, du hörst schon wieder nicht zu, bis Freitag wirst du mir das Kapitel über die Französische Revolution abschreiben, hast du verstanden, wiederhole, was ich gesagt habe. Ich muß die Französische Revolution abschreiben, sagt Simone, und während ihre Hand Seite für Seite abschreibt, stellt sie sich vor, daß sie die Herrscherin der Meere ist, die breitbeinig auf dem Deck ihres Schiffes steht. Sie hört auf zu schreiben. Die Herrscherin der Meere späht in die Ferne. Im Frachtraum sind Aristokraten versteckt, blasse Grafen und schmächtige Herzöge, die aus Frankreich fliehen und nach England wollen, weil da die Monarchie in Ordnung ist, weil keine Revolution ist, weil die Bauern ihren Herren treu dienen, so hat es eben die Hand abgeschrieben. Tag für Tag befreit die Herrscherin der Meere einige zarte Hofjünglinge aus den Klauen des blutrünstigen französischen Volkes, reitet mit ihnen durch Nacht und Nebel nach Calais, verfolgt von den Hunden der Revolution, dann segelt sie an allen Gefahren vorbei über den Ärmelkanal. Sie tröstet die Männer, die ihre Frauen verloren haben. Nie rettet die Herrscherin der Meere die Frauen. Sie müssen alle sterben: Ihre stupiden Kleider hindern sie daran, schnell davon zu laufen, sie stolpern über den teuren Stoff, verfangen sich in langen Bahnen Seide und Brokat und fallen um. Sie stehen auf, außer Atem, ihr Korsett schnürt ihnen die Luft ab, und sie fallen erneut um, diesmal in die Arme des Pöbels. Ihre Kleider werden zerrissen, ungewaschene Jakobiner verschmieren Rouge und Puder auf ihren Wangen, legen die Hände auf ihre weiße Haut, auf ihre vor Angst geschwollene Brust, ihre Juwelenkronen werden ihnen vom Kopf gerissen, man zieht sie

an den Haaren die Palasttreppen hinab bis in die Kerker der Revolution, wo sie beim Anblick der ersten Maus in Ohnmacht fallen.
Das Mädchen schreibt noch eine Seite ab, hört wieder auf. Die Herrscherin der Meere mag die kümmerlichen, schwächlichen Aristokraten nicht mehr. Sie schließt sich dem hungernden Volk an. Sie stürmt die Bastille, hält eigenhändig Marie-Antoinette auf, als diese zu fliehen versucht, begleitet ihren Karren durch die Straßen von Paris bis zu ihrer verdienten Hinrichtung. Aber als die Herrscherin der Meere aus der Ferne das Gejohle des Volkes hört, gefriert ihr das Blut in den Adern. Sie könnte die Königin noch retten, wenn sie wollte, sie denkt nach, ob die Frau es verdient hat, gerettet zu werden.
Du träumst schon wieder, sagt die Mutter, räum lieber dein Zimmer auf, danach kriegst du ein Stück Kuchen.

Die Frau auf dem Balkon muß in ihrem Kopf aufräumen und die Erinnerungsstücke zusammensetzen, wie ein Puzzle, sie muß nach jedem Einzelteil suchen, muß die Teile sammeln, sichten, von allen Seiten betrachten, sortieren, die falschen Teile ausmisten, die richtigen Teile vom Staub und vom Unrat befreien, dann muß sie für jeden Teil, für jeden Erinnerungsfetzen die richtige Stelle suchen. Sie muß jedes Bild festhalten, bis sie alle Einzelheiten scharf sieht, die Personen erkennt, sich erinnert, wann was war und wo. Sie erinnert sich an einen roten Pullover, weiß nicht mehr, wer ihn gestrickt hatte. Erinnert sich an einen Mann, der Rauchringe machte, weiß nicht mehr seinen Namen. Sieht die Rauchringe, erinnert sich an den Tabakgeruch, schwarz, selbst gedreht, kämpft um den Namen, um das Gesicht des Mannes. Findet den Namen, Arno, findet das Gesicht nicht. Arno liegt unter einem Trümmerhaufen im Gedächtnis begraben. Plötzlich hört die Frau in ihrem Kopf eine männliche Stimme, Arnos Stimme, die sagt, ich bin nicht fett, das sind doch Muskeln. Schau! Eine Hand faßt nach der Hand eines Mädchens, führt sie auf einen Bauch, die Haut ist zart, weich, um den Nabel sind einige dunkle Haare. Das Mädchen lacht. Arno hält ihre Hand fest auf seinem Bauch, schiebt sie nach unten. Die Hand des Mädchens wehrt sich, gibt nach, fährt eine dunkle Linie entlang, spielt mit den Schamhaaren, umfaßt das Geschlecht. Mach weiter, oh, ja, mach weiter, Mona, sagt Arnos Stimme, weit entfernt. Die Frau erinnert sich nicht mehr. Sein Gesicht ist weg, seine Beine, seine Arme, seine Hände. Von ihm ist fast alles weg. Sie erinnert sich an das Mädchen, das ein pulsierendes Geschlecht in der Hand hält. An Wärme, überall.

Du mußt etwas trinken, Simone, sagt die Mutter.
Die Frau auf dem Balkon schließt die Augen. Sie hat keinen Durst. Sie erinnert sich an die Wärme, versinkt in der Wärme, fühlt sich wohl, lächelt. Dann spürt sie, wie etwas Kaltes ihre Lippen berührt, gegen ihre Zähne stößt. Flüssigkeit in ihrem Mund, zu kalt, rinnt ihr am Kinn entlang. Spült die Wärme weg.

Was hast du da getan? fragt Tatjana.
Sie legt den Zeigefinger auf die Narbe der Frau, fährt die Umrisse entlang, kaum spürbar, ihr Zeigefinger ist zart wie eine Feder, kitzelt nicht. Sie streichelt den Rand der Narbe.
Was ist da geschehen? Erinnerst du dich? Ist das eine alte Narbe? Hast du dich verbrannt?
Tatjanas Finger zeichnen auf dem Oberarm. Kühl. Die Frau bekommt Gänsehaut. Blonde Härchen richten sich auf.
Hab keine Angst, sagt Tatjana, legt ihre Hand auf das Handgelenk. Ich will dir helfen. Ich glaube, das ist eine Brandnarbe, erinnerst du dich? Weißt du es noch? Versuch, dich zu erinnern. Komm, gib dir ein bißchen Mühe. Was war das für ein Feuer?
Die Frau auf dem Balkon strengt sich an, tastet im Dunklen, sendet blinde Fühler wie zittrige Finger in die Leere. Durchsucht das Gedächtnis nach Feuer, sieht Lagerfeuer am Strand, Feuer im Kamin, Johannisfeuer in den Bergen. Eine Scheune brennt. Die Bilder verlöschen. Stimmen tauchen aus dem Dunkel auf, sagen, Rom brennt, Nero hat es angezündet, Ölfelder brennen, Lissabon brennt. Eine andere Stimme singt, Pommerland ist abgebrannt, schlaf, Kindlein, schlaf. Das Mädchen Simone schläft nicht. Sie raucht eine Zigarette, dann verbrennt sie das Foto der besten Freundin, Ritas Gesicht kringelt sich im Aschenbecher, schwarzweiß mit Schnurrbart und Pickel, und dann nur noch schwarz. Die Frau sucht weiter, zündet in ihrem Gedächtnis neue Feuer an. Sieht Nick in der Balkontür stehen, löscht alle Feuer aus.

Wer ist das? fragt Nick mit verstellter Stimme, legt die Hände auf Tatjanas Augen und blinzelt der Frau zu.
Blöde Nuß, sagt Tatjana, du hast mich erschreckt, ich weiß, daß du es bist. Laß mich los. Sag mir lieber, was ist das für eine Narbe auf dem Arm deiner Mutter?
Gleich, sagt Nick.
Er beugt sich und küßt Tatjanas Hals.
Tatjana, haucht er ihr zwischen zwei Küssen ins Ohr, leise, mit einer tiefen Streichelstimme. Tatjana bitte.
Seine Hand berührt ihre Brust. Tatjanas Atem stockt. Sie wird rot, windet sich unter seiner Umarmung, dreht sich zu ihm um, schiebt ihn zurück.
Jetzt hör endlich auf, sagt sie, nicht hier, du bist unmöglich, nicht vor deiner Mutter, so was kann man nicht tun.

Auf einmal bleibt die Herrscherin der Meere stehen. Ihre Füße sind nackt, ihre Kleider feucht, ihre langen Haare hängen ihr ins Gesicht. Es hat eben aufgehört zu regnen. Sie dreht sich um, zu dem Mann, der dicht hinter ihr steht, sie wirft den Kopf in den Nacken zurück, ihre Lippen leicht geöffnet, und betrachtet ihn. Er ist weder Kapitän noch Schiffbrüchiger, und er zittert ein wenig. Auch er trägt die Haare lang bis auf die Schultern. Auch er steht barfuß im Sand. Auch er wirft den Kopf zurück und betrachtet die Herrscherin der Meere. Sie hat ihre Muschelkrone abgelegt, trägt keine Korallenketten, nur ein weißes Hemd, das an ihrer Haut klebt, und eine Jeans. Sie berühren sich nicht und sagen kein Wort, bis die Herrscherin der Meere einen Schritt auf den Mann zugeht.

Ich will's, sagt sie und beginnt zu zittern, ich will's, jetzt.
Hier? fragt er.
Ja, sagt sie. Jetzt. Bitte.

Doch, sagt Nick, das können wir schon, sie wird es niemandem erzählen, und außerdem ist sie meine Mutter, ich kenne sie, sie würde sich freuen, ich bin mir sicher. Komm, Tatjana …
Nick schiebt Tatjana rückwärts über die Balkonschwelle ins Zimmer hinein.

Die Frau sieht nur noch die Birke, dunkel im schräg einfallenden Herbstlicht, in der Ferne hupt ein Auto. Hinter ihr im Zimmer atmen der Junge und das Mädchen laut. Das Auto hupt noch einmal, länger. Die Straße heißt Nibelungenstraße, die Frau erinnert sich, Kriemhilde, Brunhilde, Siegfried und der Drache, die Nibelungenstraße liegt in einem ruhigen Viertel, da kämpft schon lange niemand mehr. Und plötzlich erinnert sich die Frau an einen Kampf hinter der grünen Hecke, das war nach einem Grillfest im Garten, die Gäste waren weggegangen, da entfachte sich zwischen Vater und Sohn ein Streit, warum, das weiß sie nicht mehr, sie weiß nur noch, daß der Sohn und der Vater brüllten und aufeinander losprügelten.
Ein Körper blieb unter der Birke liegen.
Das Herz der Frau hämmert in ihrer Brust. Sie schließt die Augen, sieht eine Frau auf dem Rücken liegen, das Gesicht voller Blut, den Mund voller Erde. Ein Sanitäter rei-

nigt den Mund und wischt das Blut vom Gesicht ab. Die Frau erkennt Simone, sieht sich, ihr eigenes Gesicht, seltsam verschwommen, sieht den Sanitäter in die linke Armbeuge stechen, beobachtet, wie die Nadel eindringt. Simone bewegt sich nicht. Ihr Körper wird auf eine Trage gelegt, zugedeckt und davon getragen.

Die Frau auf dem Balkon möchte weinen, um Simone weinen, um sich weinen. Weint nicht. Friert bloß. Die karierte Wolldecke liegt auf dem Boden. Die Frau heißt Simone, sie hat ihr eigenes Gesicht gesehen. Sie ist nicht tot. Sie fühlt die Kälte überall. Sie hat Gänsehaut an den Armen und an den Beinen. Klappert mit den Zähnen.

Im Zimmer hinter ihr ist es warm. Im Zimmer liegt Tatjana mit Nick auf dem Boden, wälzt sich auf dem Teppich. Stöhnt laut.

Simone erinnert sich, sie liegt am Strand, nackt. Sie ist jung, siebzehn Jahre alt, ist nicht allein. Sie ist mit einem Mann zusammen, der heißt Arno, er ist älter als sie. Seine Hand nimmt ihre und führt sie zu seinem Geschlecht, ihre Hand spielt mit seinen Schamhaaren. Versucht, sich an den Schamhaaren festzuhalten, läßt los, umschließt das Geschlecht, läßt es los. Simone, die siebzehnjährige Simone, sagt, komm, ich will es jetzt, bitte. Simone zittert, in ihrem Bauch brennt es, als sie sich mit Arno im nassen Sand wälzt. Sand knistert im Mund, Sand unter den Fingernägeln, in der Ohrmuschel, im Nabel, in der Hautfalte unter den Brüsten, Sand in seiner Kniekehle, zwischen seinen Zehen, auf seinen Schulterblättern, Sand auf der Zunge von Arno, der Simones Salztränen leckt, ihren

Bauch mit Küssen bedeckt und seinen Kopf mit den langen Haaren voller Sand auf ihre Schamhaare legt.
Die Frau auf dem Balkon heißt Simone. Ihr ist nicht mehr kalt, sie spürt überall Wärme. Versinkt in der Wärme und erinnert sich. Sie sieht vor sich die Gesichter von damals, ein sehr altes Gesicht zuerst, ein Kindergesicht mit Sommersprossen und einem Sonnenbrand auf der Nase, dann ein Mädchengesicht mit Zöpfen, die zu fest geflochten sind, das Mädchen hat zornige Augen, Tränen schießen aus ihren Augen, die Mutter hat etwas verboten, weiß nicht mehr, was, das Mädchen haßt die Mutter, liebt den Vater, der am Abend das Verbotene erlaubt, aber komm doch, Helga, sie ist zwölf, bald dreizehn, warum denn nicht? Und dann erinnert sich Simone an das Verbotene, einen Film, der ab sechzehn Jahren freigegeben war, eine Liebesgeschichte, am Schluß stirbt einer oder es sterben beide, und Simone, dreizehn Jahre alt, weint im Kino, weil er oder sie oder beide gestorben sind, die Schauspielerin war dunkelhaarig, eine Italienerin, sogar ihr Name taucht aus dem Gedächtnis auf, Sophia Loren, und sie erinnert sich an das Kleid, das sie getragen hat, etwas aus dunkelgrüner Seide, nur wie der Film heißt, das hat Simone vergessen, und der männliche Hauptdarsteller hat kein Gesicht, nur eine breite Brust, die gut zur Geltung kommt, weil er weiße Hemden mit Rüschen trägt, die bis zum Nabel offen sind, und ein goldenes Kreuz hat er auch, das glänzt in seinem Ausschnitt.
Simone sieht noch mehr Gesichter, unzählige Simone-Gesichter defilieren vor ihren Augen vorbei, Gesichter mit

Schamesröte auf den Wangen, weil das Mädchen erwischt wurde, sie weiß nicht mehr wobei, sie sieht Gesichter mit zusammengebissenen Zähnen, Gesichter mit enormen Poren, sieht ihre Finger, die Mitesser auf der Nase ausdrücken, sieht die gerötete Haut. Sie sieht ihr Gesicht hinter langen Haaren versteckt, mit Sonnenbrillen, mit Zahnspange, mit geschwärzten Augenlidern, nie gelingt der Strich exakt, sieht rote Flecken von den Spaghetti Bolognese und die Farbe von Himbeerbonbons auf der Zunge. Ihr Mund füllt sich mit süßsäuerlichem Speichel, sie hört die Stimme der Mutter, die immer nörgelt und dasselbe sagt, wie siehst du aus, kannst du dich denn nicht waschen, sieh dich doch im Spiegel an, du bist schmutzig, Simone, wasch dir das Gesicht und die Hände auch, meine Güte, wo hast du dich denn schon wieder herumgetrieben!

Simone sitzt auf dem Balkon, sucht nach Simone, sucht nach sich selbst, hat keine Zeit, sich mit allen Gesichtern aufzuhalten, kann nicht auf alle Stimmen hören, die wirr im Kopf durcheinander reden, Simone muß die Erinnerungsstücke an die richtige Stelle bringen, um die richtige Frau zusammenzusetzen, nicht irgendwen, der Ich sagt und es nicht ist. Das Gedächtnis schleudert mit Erinnerungen um sich, es beginnt, im Kopf zu hämmern, dann kommt nur noch dasselbe Bild, rot, gelb, rot, gelb, rot, es ist auf dem Bild nichts zu erkennen, nur die Farbe, die die Netzhaut verbrennt. Es tut weh.

Hinter sich im Zimmer hört Simone kehlige Laute, als würde jemand nach Luft japsen, sie hört Nick und Tatjana vor Lust stöhnen, erinnert sich an den Geschmack von Salz und Sand im Mund, an die Zunge, die über die Lippen fährt, vorsichtig, weil sie vom Küssen geschwollen sind. Simone sieht durch die geschlossenen Lider den Kopf des Mannes auf ihrem Bauch, krallt die Hand in seine Haare und zieht ihn zu sich, um in sein Gesicht zu blicken.

In seinen Augen das eigene Gesicht entdecken.

Sieh mal, deine Mutter lächelt, sagt Tatjana. Sie sieht schön aus.

Tatjanas Lippen sind vom Küssen geschwollen, am Hals hat sie einen Knutschfleck. Ihr Blick ist weich, ihre Augen halb geschlossen.

Stimmt, sagt Nick. Ich habe dir doch gesagt, daß es ihr gefällt, nicht wahr, Mama?

Er neigt sich, küßt Simones Gesicht, zieht Tatjana ins Haus, rumpelt die Treppe hinunter, ruft, Oma, gibt es was zu essen?

Simone bleibt allein auf dem Balkon, streichelt ihre Lippen mit der Zungenspitze. Sie schmecken nicht mehr nach Salz und Sand, schmecken nach gar nichts. Simone erinnert sich nicht mehr, sieht nichts mehr, nur noch die Birke. Die gelben Blätter. Der Herbst kommt. Sie schließt die Augen. Fühlt die Kälte hochkriechen.

Fürchterliches Wetter, sagt Schwester Nelly, dieser Regen deprimiert mich, diesmal ist der Sommer endgültig vorbei. Du hast Glück, daß du jetzt wegfährst, Helga. Süd-

frankreich im Oktober, das ist doch ein Traum. Ich beneide dich, wirklich, was gäbe ich nicht, um jetzt wegfahren zu können. Wenn ich da unten eine Freundin hätte, wäre ich schon längst über alle Berge, ich würde gleich den ganzen Winter da unten bleiben und erst im Frühling wiederkommen, wenn überhaupt. Jetzt heben wir sie in den Rollstuhl. Eins, zwei, drei, und hopp. Sehr gut.
Weißt du, Nelly, sagt Helga, ich habe den Eindruck, daß sie ein klein bißchen wacher ist als früher, findest du nicht?
Also, das würde ich nicht sagen, antwortet Nelly, während sie die Bettdecke ausschüttelt und das Laken zurechtzieht. Nein, sie ist nur unruhig geworden in den letzten Wochen. Sieh dir mal das Bett an! Total aufgewühlt, als würde sie sich nachts herumwälzen. Ein Wunder, daß sie noch nicht rausgefallen ist. Wir sollten sie anbinden.
Na ja, sagt Helga, anbinden, das gefällt mir nicht. Ich meine …
Langfristig, sagt Nelly und klopft das Kopfkissen, langfristig wird uns nichts anderes übrigbleiben. Wir kommen nicht drum herum, das sage ich dir, ich habe Erfahrung mit solchen Fällen, wenn sie anfangen, unruhig zu werden, muß man etwas tun. Du hast keine Ahnung, welche Kräfte sie plötzlich entwickeln. Ich habe schon mal einen Mann gesehen, der lag wochenlang im Koma, und als der aufgewacht ist, hat er sich die Infusion und alle Schläuche aus dem Körper herausgezogen. Man hat ihn in einer Blutlache gefunden.
Tot? fragt Helga.

Nein, sagt Nelly, aber beinahe. Weißt du, irgendwie kriegen sie schon was mit, von dem Zustand, und dann wollen sie gar nicht mehr weiterleben. Denke ich mir so.
Ach, ja, sagt Helga. Darüber mag ich nicht nachdenken. Ich sehe nach, ob die Badewanne schon voll ist.
Die Krankenschwester Nelly geht zum Fenster, sieht hinaus, dreht sich um, sieht Simone an, stöhnt.
Du hast es gut, sagt sie, ich wünsche mir, ich könnte mich jetzt in dein Bett legen und eine Stunde schlafen. Einen ganzen Tag schlafen, das bräuchte ich. Ich bin so müde. Es wäre schön, wenn mir jemand ein heißes Bad einlaufen lassen würde, und ich könnte eine Stunde im Wasser planschen und an nichts mehr denken, und danach würde mir jemand den Rücken schrubben und vorgewärmte Handtücher reichen. Das würde mir gut tun. Aber niemand kümmert sich um mich.
Schwester Nelly schneuzt sich, ihre Gesichtszüge zucken, und auf einmal sieht sie wie eine alte Frau aus.
Das ist gar nicht schön, so allein zu sein, sagt sie zu Simone, du hast keine Ahnung, wie das ist. Ich habe nicht einmal eine Familie, die sich kümmert, und du dagegen, du hast deine Mutter und deinen Sohn ... Übrigens, Helga, ruft sie laut, um das Geräusch des Wassers zu übertönen, ich finde es ein wenig leichtsinnig, mich abzubestellen! Ob die jungen Leute das wirklich allein schaffen?
Weiß ich nicht, antwortet Helga vom Flur aus, aber sie haben deine Telefonnummer, sie werden sich schon melden, wenn sie dich brauchen. Das Wasser ist noch ein bißchen heiß, in einer Minute dürfte die Temperatur stim-

men. Du, Nelly, ich muß noch packen, macht es dir etwas aus, wenn ich dich allein lasse?
Überhaupt nichts, sagt Nelly, geh ruhig packen. Wann fährt dein Zug?
Morgen vormittag um zehn, antwortet Helga, ich bin so aufgeregt.
Ja, ja, sagt Nelly, du hast dir deinen Urlaub auch redlich verdient. Erhol dich gut und komm gesund zurück. Ich hoffe, du hast mehr Glück als ich. Für mich war der Urlaub im nachhinein eine reine Katastrophe. Ich wünschte, ich wäre nie gefahren.
Ich weiß schon, sagt Helga, du hast mir das schon erzählt. Hat sich dein Bekannter inzwischen wieder gemeldet?
Nein, antwortet Nelly, kein einziges Mal. Wenn ich daran denke, daß er mir auf Lanzarote versprochen hat, sich scheiden zu lassen! Nelly, ich liebe dich, hat er gesagt, du bist die einzige Frau für mich. Und jetzt Funkstille. Kein Wort, kein Anruf, kein Brief, kein gar nichts.
Ja so was, sagt Helga und dreht den Wasserhahn zu. Das tut mir wirklich leid für dich. Jetzt geht's.
Ich kann schon seit Wochen nicht mehr schlafen, sagt Nelly, öffnet die Knöpfe vom Nachthemd, jede Nacht liege ich wach in meinem Bett, das Telefon neben mir, falls er anruft.
Das hast du mir schon erzählt, sagt Helga zum zweiten Mal, aber glaube mir, du solltest ihn vergessen. Du bist doch eine vernünftige Frau und attraktiv und alles, du solltest wieder ein wenig ausgehen, dann findest du einen Neuen.

Ich will gar keinen Neuen, sagt Nelly. Der läßt sich gar nicht so leicht ersetzen, wenn du wüßtest! Der ist so toll!
Tja, sagt Helga, aber das nützt dir wenig, wenn er weg ist, oder?
Ich frage mich die ganze Zeit, was ich falsch gemacht habe, jammert Nelly, zieht das Nachthemd über den Kopf.
Helga seufzt.
Ich muß packen, sagt sie, ich helfe dir noch schnell, sie ins Bad zu legen.
Helga findet Nellys Unglücksgeschichte nicht mehr spannend. Sie hat schon dutzendmal versucht, sie zu trösten, hat ihr gute Ratschläge gegeben, ihr Geduld empfohlen. Warte mal ab, Nelly, weißt du, Männer sind komische Käuze, als Frau kann man sie im Grunde gar nicht verstehen, vielleicht kommt er wieder, das wäre kein Wunder, wenn er nach ein paar Wochen reuig wiederkäme, schließlich wart ihr glücklich miteinander, das sieht man doch auf den Urlaubsfotos, da, wie er den Arm um dich legt. Das hat Nelly nicht getröstet, im Gegenteil, sie ist in Tränen ausgebrochen, und Helga hat bloß noch gesagt, es wird schon werden, weine doch nicht so, du bist viel zu gut für ihn. Jeden Tag fängt Nelly wieder von neuem mit ihrer Geschichte an, sie sagt, daß sie nicht schlafen kann, daß sie abnimmt, daß es ihr furchtbar schlecht geht, dann fragt sie, was sie falsch gemacht habe, und Helga klopft ihr auf die Schulter und sagt, komm Nelly, du hast nichts falsch gemacht, im Gegenteil, du hast für diesen Schurken viel zu viel gemacht, jeder andere Mann wäre glücklich,

eine so tolle Frau wie dich zu finden. Diesmal klopft ihr Helga nicht auf die Schulter, als Nelly wieder fragt, was sie falsch gemacht habe.
Ehebruch ist Ehebruch, sagt Helga und schiebt das Kinn nach vorne. So was kann nicht gut gehen.
Nelly sieht Helga an, bleibt einen Augenblick mit offenem Mund stehen.
Genau, sagt Helga. Hör doch auf zu jammern. Du hast doch gewußt, worauf du dich einläßt.
Daß du so streng bist, das hätte ich mir nie gedacht, sagt Nelly.
Weißt du, was ich glaube, sagt Helga, ich glaube, daß es vielleicht wie bei uns ist. Ihr Mann möchte sich auch gern scheiden lassen, aber das geht gar nicht. Weil das Haus ihr gehört. Also kann er sich schon scheiden lassen, aber dann ist er arm wie eine Kirchenmaus und muß trotzdem weiter für sie zahlen.
Du meinst, das Haus gehört ihr? fragt Nelly und zeigt dabei auf Simone, die nackt im Rollstuhl vor der Badewanne sitzt, ihr?
Genau, sagt Helga. Das Haus gehört Simone. Ihr Mann hat es unter ihrem Namen eintragen lassen, falls er sich irgendwann selbständig macht und pleite geht. Oder wegen der Steuer, ich weiß nicht mehr, warum. Ist auch egal. Aber neulich hat er mit seinem Anwalt geredet, und das ist so: Wenn er sich scheiden läßt, darf er nicht mehr ihr gesetzlicher Betreuer sein und muß hier ausziehen. Das wird er sich noch mal überlegen, ob er's wirklich will!
Ach so, sagt Nelly, an so was habe ich gar nicht gedacht.

Kann gut sein, daß es bei meinem Bekannten genau so ist ... Ja, aber wenn das so ist ...
Wenn das so ist, wird er sich nie scheiden lassen, das sage ich dir. Und wenn du meine Meinung hören willst, ist es richtig so. Heiraten ist nicht nur reines Zuckerschlecken, man muß auch die schlechten Zeiten gemeinsam durchstehen. Und jetzt legen wir Simone ins Bad, ich muß packen gehen.

Simone liegt im Wasser, die Augen geschlossen. Sie tut nichts. Läßt alles geschehen. Der Kapitän ertrinkt. Er hat das Schwimmen nie gelernt. Nur die Seeleute können es und schwimmen ans Land wie Ratten, wenn sie das Schiff verlassen. Am Strand ziehen sie ihre nassen Kleider aus, legen sich auf den warmen Sand, schlafen. Simone betrachtet ihre nackten Leiber. Die meisten sind alt, ihre Haut zu weiß, zu welk, sie haben tiefe Furchen im Gesicht, weiße Fäden in ihren Brusthaaren, und Narben. Sie hebt die Hand, will eine Narbe berühren, sieht sie nicht mehr, öffnet die Augen. Der Körper verschwindet im Dampf des Badewassers. Die Hand sucht im Nebel, zerdrückt Schaumbläschen, tastet nach vorne. Berührt etwas Hartes. Glattes. Simone zieht die Hand zurück, läßt sie ins Wasser tauchen, schiebt den Schaum zur Seite, berührt die Haut ihrer Schenkel, wundert sich über die Gänsehaut. Schließt die Augen. Sieht jemanden, der sich am Strand entlang schleicht, ein Dieb oder eine Diebin, das Gesicht ist maskiert, die Haare unter einer Mütze versteckt, jemand geht auf Fußspitzen durch den Nebel,

beugt sich über die schlafenden Matrosen, wühlt in ihren Kleidern, durchsucht ihre Taschen. Findet Schlüssel, Münzen, Klappmesser, findet Portemonnaies mit durchnäßten Ausweisen und aufgeweichten Fotos von Frauen und Kindern, die freundlich lächeln. Läßt die fremden Gesichter achtlos fallen. Findet eine runde, silberne Taschenuhr, führt sie ans Ohr. Hört nicht.
Simone öffnet die Augen. Sieht etwas im Nebel, greift nach dem Wasserhahn, hält sich fest, zieht sich langsam hoch. Millimeter um Millimeter, bis ihr Kopf über dem Wasserhahn ist. Sie sieht die beschlagenen Chromflächen. Reibt sie trocken. Reibt und reibt, beugt sich hinunter, sieht etwas, ein Gesicht, das näher kommt und –

Was ist denn los? fragt Helga.
Ich weiß nicht, sagt Nelly, sie lag ganz ruhig im Wasser, als würde sie schlafen, ich habe gerade nicht hingeschaut, und auf einmal höre ich diesen Schrei und sehe, wie sie mit dem Kopf gegen den Wasserhahn fällt.
Bist du sicher, daß du ihr nicht aus Versehen wehgetan hast? fragt Helga.
Aber ich bitte dich, sagt Nelly, sieh mich doch nicht so an, ich habe sie nicht mal angerührt. Ich wollte eben anfangen, ihr die Haare zu waschen. Etwas muß sie erschreckt haben. Was ist denn bloß heute mit dir los, du bist so gereizt?
Nichts, sagt Helga, die Reise macht mich nervös. Simone, Simone, ist alles in Ordnung?
Nichts ist in Ordnung.
Hast du dir wehgetan, Simone?

Simone hat sich die Stirn am Wasserhahn angeschlagen. Es tut weh. Blutet nicht. Simone hat sich selber gesehen, im Wasserhahn. Das eigene Gesicht tut weh. Blutet innen. Ein wenig Blut sickert nach außen. Ein Tropfen fällt ins Badewasser, löst sich rosa auf, verschwindet. Nicht genug zum Sterben.

Unten läuft das Radio. Der falsche Sender. Akkordeon und eine tiefe Männerstimme, eine langgezogene Liebeserklärung, aber die Liebe ist vorbei. Die Augen weinen. Nelly hat rote Augen, schneuzt sich in ein Stück Klopapier, wirft es in die Toilette, drückt auf die Spülung. Weint. Sie zieht den Stöpsel von der Badewanne heraus. Reibt den Körper mit einem Schwamm ab. Reibt die Haare. Eine Beule wächst auf der Stirn, tut ein wenig weh, nicht viel.

Es riecht nach Pfirsichshampoo und nach Kaffee. Die Handflächen sind taub, die Fingerspitzen sind weißliche Kraterlandschaften. Aus Nellys Augen tropfen Tränen ins Badewasser. Ein Platzregen prasselt auf den Kopf nieder, spült den Schaum weg. Dünne Rinnsale fließen am Kopf hinab. In die Augen, in die Ohren, in den Mund. Es schmeckt nicht gut. Bitter. Die Augen brennen.

Simone schließt die Augen. Öffnet sie wieder. Sieht das eigene Gesicht im Wasserhahn gespiegelt. Die eigenen Augen. Die Angst in den eigenen Augen, und dann den Zorn hinter der Angst. Aus der Kehle steigt ein Ton, tief und langgezogen.

Na, na, sagt Nelly, ist schon wieder gut, es ist doch gar nichts passiert. Bloß eine kleine Beule. Ist gleich vorbei.

Der Körper der Frau wird in ein warmes Handtuch gewickelt und abgetrocknet, dann mit einer prickelnden Flüssigkeit eingerieben und von Kopf bis Fuß abgeklopft. Als Simone mit einem Nachthemd angezogen im Rollstuhl sitzt, werden ihre Haare gekämmt und trocken gefönt. Jedesmal wenn die Bürste über die Stirn fährt, tut die Beule weh. Am Schluß wird Simone in ihr Zimmer gerollt und abgestellt, das Gesicht zum Fenster gedreht, zur Birke.

Oma, dein Taxi ist da, ruft Nick von unten, ich bringe das Gepäck schon raus.
Simone, sagt Helga. Ich habe dich gern. Du kannst mir glauben.
Helga, die Mutter, kniet auf dem Boden. Ihr Gesicht kommt näher, sie hat Tränen in den Augen. Sie wirft die Arme um Simones Körper, drückt ihn an sich. Eine Brosche verfängt sich im Stoff des Nachthemdes.
Ich komme bald wieder, Kleines, flüstert Helga ins Ohr, deine Mama ist bald wieder da, bei dir. Sei nicht traurig. Du brauchst gar keine Angst zu haben, ich komme wieder, das ist versprochen.
Oma, ruft Nick, du mußt dich beeilen.
Die Brosche löst sich von der Jacke, liegt kalt auf der Brust, sticht durch den Stoff. Simone bleibt allein mit dem Pieksen in der Brust. Die Mutter ist gegangen. Türen knallen. Stille.
Simone sitzt vor dem Fenster, sieht die Birke an. Viele Blätter sind schon abgefallen. Es ist Herbst, hat Schwester

Nelly gesagt, danach kommt der Winter. Wie die Zeit vergeht. Bald bin ich schon ein Jahr hier.

Sie schläft, sagt Nick, sieh mal, wie entspannt ihr Gesicht aussieht.
Ja, sagt Tatjana, wenn sie schläft, ist sie glücklich. Wenn die Menschen schlafen, sind sie immer glücklich. Sie denken nicht, sie haben keine Sorgen.
Quatsch, sagt Nick. Und was tust du mit den Alpträumen?
Ich habe keine, sagt Tatjana, du?
Manchmal, sagt Nick. Seit sie so ist, manchmal schon. Früher nicht. Oder ich kann mich nicht mehr erinnern.
Was träumst du denn? fragt Tatjana.
Weiß ich nicht, sagt Nick.
Er hat nur keine Lust zu erzählen, das erkennt Tatjana an seiner Stimme. Sie fragt und fragt weiter, bis er genervt ist, dann hört sie auf zu fragen, geht stumm zum Fenster, bleibt stumm, als er versucht, über etwas anderes mit ihr zu reden. Simone sitzt, die Augen halb geschlossen, sieht durch die Wimpern zweimal Nick und zweimal Tatjana, undeutliche Schatten, die das alte Mann-Frau-Ritual ausführen. Simone will nicht zusehen, kann sich nicht wegdrehen, schließt die Augen, nützt nichts, kann die Ohren nicht schließen, spürt etwas in der Brust, das weh tut.
Gut, gut, sagt Nick gereizt, ich habe halt ein schlechtes Gewissen. Ich denke mir, ich hätte früher netter zu ihr sein können, weniger mit meinem Vater streiten, mehr für

die Schule tun, mein Zimmer aufräumen, die Musik leiser hören, was weiß ich!
Du glaubst doch nicht, daß sie so ist, weil du deine Socken auf dem Boden liegen gelassen hast! sagt Tatjana, du glaubst doch nicht, daß sie wegen einem solchen Quatsch so geworden ist!
Nein, sagt Nick, aber laß uns von etwas anderem reden. Wenn ich zuviel darüber nachdenke, kriege ich sicher wieder Alpträume. Verstehst du das nicht, auch wenn ich nichts dafür kann, daß sie so ist, zerbreche ich mir trotzdem pausenlos den Kopf darüber, was ich noch tun könnte, damit sie wieder wird wie früher.
Das wird sie nicht, sagt Tatjana. Wie früher wird sie nie mehr sein.
Ach, sagt Nick, laß mich in Ruhe mit deiner Weisheit!

Wie war der Tag, ruft Hans, um die Musik zu übertönen, ist alles in Ordnung? Hat sie gegessen? Ist sie sauber?
Sie liegt im Bett und schläft, sagt Nick und dreht die Anlage leiser. Sie hat eine Suppe gegessen und später am Nachmittag ein Stück Marmorkuchen. Mehr wollte sie nicht. Ich glaube, das Wetter macht sie müde. Sie hat sehr viel geschlafen, auch im Sitzen, mehr als sonst. Ich konnte mich gar nicht mit ihr unterhalten.
Ich weiß nicht, was du unterhalten nennst, sagt Hans. Sie kapiert doch nichts.
Stimmt nicht, sagt Nick. Sie reagiert. Sie summt, als würde sie singen. Und sie versucht zu reden. Manchmal sagt sie etwas, das klingt wie Birke.

Apropos Birke, sagt Hans, ich habe jetzt die Genehmigung, da gibt es kein Problem mehr, ich muß nur noch einen Termin mit den Baumfällern ausmachen. Nächstes Jahr haben wir mehr Licht auf der ganzen Seite. Und bitte, Nick, mach nicht so ein Gesicht und erzähl mir nicht, daß sie dir gehört, ich will darüber nicht mehr diskutieren. Wenn du unbedingt einen Baum haben willst, dann pflanze ich dir halt einen Apfelbaum oder einen Birnbaum, die werden nicht so groß.
Ich mag keine Obstbäume, sagt Nick. Meine Birke ist viel schöner.
Schön ist sie schon, sagt Hans, aber das war eine Schnapsidee, sie so nah am Haus zu pflanzen, und ich wußte nicht, daß sie so schnell wächst, sonst hätte ich nie eine gepflanzt. Die ist jetzt größer als das Haus!
Na und, sagt Nick, wen stört es?
Mich, antwortet Hans. Und die Nachbarn. Sie beschweren sich alle, daß sie so einen Dreck auf der Straße und auf den Autos macht.
Beschwert sich auch die Frau Tietz? fragt Nick.
Sie am lautesten, antwortet Hans.
Blöde Kuh, sagt Nick, die kann sich nächstes Jahr ihren Rasen selber mähen. Soll sich selber die Finger bei der Gartenarbeit dreckig machen.
Schon gut, sagt Hans, reg dich nicht auf. Bis zum Sommer hast du vergessen, daß je eine Birke da stand. Wetten wir?
Nein, sagt Nick. Oder doch: Ich wette, daß ich mich im nächsten Sommer wohl daran erinnern werde. Und wenn ich gewinne, will ich ein Auto.

Du spinnst, sagt Hans, du hast nicht mal den Führerschein.
Kein Problem, sagt Nick.
Ja, ja, sagt Hans. Mach nur, danach reden wir weiter. Jetzt etwas anderes. Ich bin ungefähr fünf Tage weg. Zuerst zwei Tage in New York, dann Chicago. Hier sind die Hotelnummern, für den Notfall. Die Büronummer hast du.
Ja, ja, sagt Nick, ich werde Marita fragen, sie weiß immer, wo du dich befindest.
Sie ist nicht mehr da, sagt Hans, sie hat gekündigt. Du brauchst nicht so biestig zu sein, Nick, sie hat mit mir Schluß gemacht. Zufrieden?
Die Platte ist zu Ende, läuft weiter ohne Musik, nur mit einem regelmäßigen Kratzen.
Das gefällt dir, nehme ich an, sagt Hans, aber stell dir vor, deine Freundin würde mit dir Schluß machen, nur weil du dich um Mutter kümmern mußt.
Tut sie nicht, sagt Nick. Würde sie nie tun. Tatjana ist nicht so. Im Gegenteil. Sie kommt jeden Tag, um mir zu helfen.
Schon gut, sagt Hans. Ihr seid noch jung. Ihr habt noch Illusionen. In meinem Alter sieht man die Dinge realistisch.
Wir haben keine Illusionen, sagt Nick, wir haben Träume. Das ist was ganz anderes.
Verstehe ich nicht, sagt Hans. Wo ist der Unterschied?
Träume können in Erfüllung gehen, sagt Nick.

Wenn ich meinen Bären wie ein echtes Baby behandle, sagt das kleine Mädchen zu der Mutter, wird er dann lebendig?

Glaube ich nicht, sagt die Mutter, aber das kannst du versuchen. Vielleicht klappt es doch.
Erzähle ihr doch keinen Blödsinn, sagt der Vater und zieht das kleine Mädchen zwischen seine Knie. Simone, dein Bär kann nicht lebendig werden, weil der kein Herz hat und kein Gehirn. Das ist doch nur ein Stofftier.
Das Mädchen steckt den Daumen in den Mund und denkt, es muß ihr nur gelingen zu vergessen, daß der Bär nur ein Stofftier ist, dann wird er keines mehr sein. Sie muß mit ihm reden, bis er antwortet, ihn lieben, bis auch er ein Herz und ein Gehirn hat. Ihm zeigen, wie man läuft, wie man ißt, wie man aufs Klo geht. Ihm das Leben beibringen. Zuerst die Worte.
Nimm den Daumen aus dem Mund, sagt der Vater, sonst nehme ich dir den Teddy weg. Aber Simone, du brauchst nicht gleich zu weinen, das war nicht so gemeint. Helga, was ist denn mit dem Mädchen los, ist sie krank oder was? Komm, Schatz, weine nicht, der Papa nimmt dir den Teddy nicht, der Papa ist lieb. Schau, hier hast du eine Mark, kannst dir was Süßes kaufen. Aber nimm den Daumen aus dem Mund.

Wieviel Geld brauchst du? fragt Hans unten im Flur. Meinst du, zweihundert Mark reichen? Ich gebe dir lieber dreihundert, falls etwas passiert.
Danke, sagt Nick, aber es wird schon nichts passieren.
Du kannst mir den Rest zurückgeben, wenn was übrigbleibt, sagt Hans. Ich hätte noch ein wenig Zeit, soll ich noch schnell mit dem Wagen für euch einkaufen fahren?

Danke, nein, nicht nötig, sagt Nick. Wir brauchen nicht viel, und zur Zeit ißt Mutter wenig.
Aber laßt sie nicht verhungern, sagt Hans, ich möchte sie gesund sehen, wenn ich zurückkomme.
Keine Sorge, sagt Nick. Gute Reise, Papa.
Die Haustür ist offen. Ein Luftzug steigt bis oben ins Zimmer, läßt die Gardinen flattern. Hans schlägt die Autotür zu, läßt den Motor an, ruft, macht keinen Blödsinn, und viel Spaß, dann gibt er Gas. Die Gardinen flattern weiter.
Ist er endlich weg? fragt Tatjana, komm doch hoch, Nick.
Ja, antwortet Nick. Gleich.
Er schließt die Haustür, geht die Treppe hoch, langsam. Die fünfte Stufe knirscht.
Simone, sagt Tatjana, jetzt bringen wir dich nach unten. Dann gehen wir spazieren. Freust du dich?
Ich denke, wir sollten sie zuerst waschen, sagt Nick, unten ist kein Bad.
Oh, ja, sagt Tatjana, und weißt du, was ich mir gedacht habe? Wir könnten ihr mal die Haare färben, sieh mal hier, an der Stirn, sie hat schon so viele weiße Haare.
Das macht doch nichts, sagt Nick, ich finde weiße Haare nicht schlimm.
Du bist keine Frau, sagt Tatjana, du verstehst nichts davon. Ich werde etwas kaufen. Ein bißchen rot, bist du einverstanden, Simone? Oder hättest du lieber schwarze Haare?
Ich weiß nicht, ob das eine gute Idee ist, sagt Nick. Wenn die Oma wiederkommt, dreht sie durch. Und mein Vater erst.

Tatjana zuckt mit den Schultern.
Dein Vater sieht sie kaum noch an, sagt sie. Er wird es nicht einmal bemerken.
Ich bin mir nicht so sicher, sagt Nick, früher dachte ich, er will sie am liebsten loswerden, und die ganze Familie mit, aber in letzter Zeit ist er netter geworden. Er tut so, als hätte er Angst, daß ihr etwas passiert. Aber er hat ihr nicht einmal auf Wiedersehen gesagt, als er gefahren ist.

Doch. Hans ist nachts zu Simone gekommen. Hat sich verabschiedet, und auch nicht. Er kam ins Zimmer, schaltete das Licht nicht an, stand einfach da. Redete, aber nicht zu Simone. Er redete gegen die Wand, sprach über den Körper, der im Bett lag, sagte du zu dem Körper, nannte ihn Mone. Wünschte sich halblaut, es gäbe sie nicht mehr. Wünschte sich, sie würde aufhören zu atmen. Einfach so. Nicht leiden, nur sterben. Er sagte halblaut, daß er davon träumte, ihren Körper eines Tages leblos im Bett zu finden. Besser noch, es würde geschehen, während er weg war. Das Telefon würde im Hotelzimmer klingeln, er würde den Hörer abnehmen. Betretene Worte sagen. Sofort seine Reise abbrechen und nach Hause fahren, um eine Beerdigung zu organisieren. Mit vielen Blumen. Einem dunklen Sarg. Kränzen. Musik. Keiner Orgel, sondern einem Streichquartett. Weil Simone früher Streichquartette gern hatte. Er würde keine Kosten scheuen. Vielleicht sogar ein wenig traurig sein, aber vor allem erleichtert.
Simone liegt im Bett, während der Mann redet. Der Mann

heißt Hans. Früher war er der Ehemann von Simone. Er schlief im selben Bett, schlief mit ihr zusammen. Legte seinen Arm um sie, nannte sie Kleines, küßte ihren Nacken, weil sie ihm beim Schlafen immer den Rücken zudrehte, legte seine linke Hand um ihre rechte Brust, wenn sie auf der Seite lag. Früher hat er zu Simone gesagt, ich liebe dich. Manchmal. Nicht oft. Jetzt sagt er, ich wünsche mir, du wärest nicht mehr da. Der Mann würde viel Geld ausgeben für eine schöne Beerdigung. Der Mann ist nicht böse. Sagt er. Er würde keiner Fliege etwas antun, sagt er, aber er kann nicht mehr. Wenn er von seiner Geschäftsreise zurückkommt, will er endlich die Birke fällen lassen. Sie ist ihm zu groß, macht zuviel Dreck. Er will lieber eine zweite Garage bauen lassen.
Kein Mensch kann so was auf Dauer ertragen, sagt er zum Abschied, schließt leise die Tür hinter sich.
Im Zimmer ist es fast, als wäre er nie dagewesen. Simone liegt im Bett. Muß aufstehen. Zu der Birke gehen. Die Arme um den Stamm legen. Die Blätter fallen. Goldgelber Regen. Im Frühjahr wachsen neue Knospen. Wenn er die Birke fällt, wird es kein Frühjahr mehr geben.

Manchmal wünsche ich mir, er würde gegen einen Baum fahren, sagt Nick. Ich würde das Haus erben, die Oma nach Hause schicken und mit dir und Mutter zusammenleben. Glücklich sein.
Ja, sagt Tatjana, das wäre toll. Aber was machen wir mit deiner Mutter, während wir in der Schule sind? Sie kann nicht solange allein sein.

Wenn Simone allein ist, übt sie. Hebt die Hände, eine nach der anderen. Nicht viel. Wenige Zentimeter über die Armlehnen. Hebt die Füße. Schwierig. Millimeter hoch. Krallt die Finger um die Armlehnen, stützt sich, spannt die Muskeln an. Der Körper zittert bis in den Hals hinein. Manchmal kommen Tränen in die Augen, aber nur wegen der Anspannung. Simone muß sich auf die Armlehnen stützen, den Oberkörper heben. Aufstehen. Schwer. Muß nachdenken, jede Bewegung im Kopf planen, das Gehirn muß die richtigen Befehle schicken. Die richtigen Muskeln bewegen. Manchmal sagt das Gehirn, Füße aufstützen, und statt dessen zittern nur die Knie, als würden die Befehle nicht an ihrem Ziel ankommen. Anstrengend. Kraft fehlt. Nicht aufgeben. Simone darf nicht aufgeben. Muß weiter den Fuß heben, einen Millimeter hoch. Nach links schieben. Gehen. Simone muß hinuntergehen. Die Treppe hat vierundzwanzig Stufen, die fünfte Stufe knirscht. Muß die Haustür öffnen. Ist nicht weit. Vierundzwanzig Stufen. Kann sich am Geländer halten. Muß vorsichtig sein. Nicht ausrutschen. Nicht stürzen. Üben. Die Hände auf die Armlehnen stützen. Die Finger um die Lehne schließen. Die Oberarmmuskeln bis in die Schultern anspannen. Den Oberkörper anheben. Einen Millimeter. Alles zittert. Der Nacken tut weh.

Ich kann das nicht, sagt Nick, wirft den Waschlappen auf den Boden und schlägt sich mit der flachen Hand gegen die Stirn. Ich kann das nicht. Verstehst du, wenn ich sie so sehe, ohne Kleider, das kann ich nicht. Diese dünnen

Schamhaare, und ihr Busen, der, der so weiß ist und hängt, und das kann ich nicht. Tut mir leid, ich habe nicht gedacht, daß es so schwer ist. Ziehen wir sie wieder an.
Nein, nein, sagt Tatjana, laß mich das allein tun, ich bin auch eine Frau, mir macht das nichts aus.
Das ist es nicht, sagt Nick, das ist, weil sie meine Mutter ist, und wenn ich sie nackt sehe, muß ich daran denken, daß ich in ihrem Bauch war, und das packe ich nicht. Das ist mir unheimlich.
Ach, sagt Tatjana, du übertreibst. Für ihr Alter sieht deine Mutter gut aus. Sie hat kaum Falten im Gesicht.
Ja, sagt Nick, weiß ich, aber darum geht es nicht. Ich fühle mich beschissen, das ist alles. Und außerdem finde ich, daß sie riecht.
Ein bißchen schon, sagt Tatjana, aber nicht schlimm. Das sind diese Windeln, deine Mutter kann nichts dafür. Die muß man halt oft wechseln. Geh schon. Ich rufe dich, wenn ich fertig bin.

Tatjana hat weiche, warme Hände, die wie Schmetterlinge über Simones Körper flattern, über ihre Haare, über ihr Gesicht. Sie singt ein Lied in einer fremden Sprache, nicht laut. Das Lied hat viele Strophen. Als es fertig ist, nimmt Tatjana ein Fläschchen Parfüm und sprüht hinter Simones Ohren, unter ihre Achseln, zwischen ihre Brüste, sprüht über ihre Schamhaare. Das Parfüm gehört Helga, der Mutter, gehört nicht Simone. Riecht gut, ist nicht der richtige Geruch.

Schwester Nelly, sagt Nick am Telefon. Hier ist Nick Berger. Nein, es ist nichts passiert, es ist nur, daß ... daß ... ich weiß nicht, aber wenn Sie doch kommen könnten, morgen oder so. Wegen waschen, also, irgendwie, das kann ich nicht so gut, meine eigene Mutter waschen. Sonst ist alles in Ordnung, läuft prima. Ja, morgen um zehn. Vielen Dank.

Ich bin fertig, sagt Tatjana. Wollen wir es gleich tun oder lieber ein wenig warten? Ich finde, sie sieht müde aus. Schau mal, sie schließt die Augen, als würde sie einschlafen.

Ja, sagt Nick, aber tun wir's lieber jetzt, sonst werden wir es nie tun.

Mama, sagt Nick zu Simone, berührt die Schulter, rüttelt ein wenig, Mama, hör mal. Tatjana und ich, wir bringen dich jetzt nach unten. Wir haben gedacht, du fühlst dich unten sicher gut, und dann können wir auch in den Garten gehen oder spazierenfahren. Wie findest du das?

Simone öffnet die Augen. Sieht in die Augen von Nick, ihrem Sohn. Taucht ein. Will antworten. Kann nicht. Sagt nur, Birke.

Birke, wiederholt er, sie hat Birke gesagt, hast du gehört, Tatjana?

Ja, sagt Tatjana, wenn du das deinem Vater erzählst, dann läßt er den Baum vielleicht stehen.

Das glaube ich nicht, sagt Nick. Laß uns nicht mehr darüber reden. Komm jetzt.

Hände berühren den Körper. Fest. Greifen unter die Arme.

Eins, zwei, drei, sagt Nick, jetzt!
Der Körper wird hochgezogen. Kann nicht stehen, die Füße weichen nach hinten, das ganze Gewicht liegt auf den fremden Schultern. Tatjana stöhnt, den Kopf unter Simones Achsel eingeklemmt.
Verdammt, sie ist schwerer, als ich dachte, sagt Nick. Halt dich fest, Mama, sonst schaffen wir es nicht.
Moment, sie rutscht mir weg, sagt Tatjana, zieht ruckartig an einem Arm. Jetzt geht's.
Der Körper hängt im Flur, zwischen Nick und Tatjana. Hat Angst. Der Boden entzieht sich. Die Wände verschwimmen. Dunkel. In der Ferne sagt eine Stimme, wir schaffen es nicht, eine andere antwortet, doch, doch. Die Stimmen mischen sich, wir können sie auf die Treppe setzen, Vorsicht, auah, jetzt, langsam, verdammt noch mal, langsam, paßt doch auf, und Simone sieht zu, wie ihr Körper getragen, geschleppt, gezerrt wird, sieht zu, wie die fast leblose Masse Mensch nach unten gehievt wird. Stufe für Stufe sinkt der Körper mit geschlossenen Augen wie ein ausgeliefertes Stück Fleisch ins Nichts, und Simone sieht zu.
Geschafft, sagt Nick.

Simone sitzt unten im Wohnzimmer. Die Birke ist nicht weit, sie steht nur wenige Meter entfernt, hinter der Hausmauer. Simone kann die Birke nicht sehen, sieht die Wohnzimmertapete, die eine andere Simone ausgesucht hat, gemeinsam mit Hans, als genug Geld da war, um das Haus innen zu renovieren. Die Tapete ist perlmutt beige mit einem malvenfarbigen dünnen Faden, hell, aber häßlich. Davor waren die Wände einfach weiß gestrichen, das Weiß war mit der Zeit schmutzig geworden. Das Familienleben hatte Spuren hinterlassen: Teeflecken, als jemand vor Wut seine Tasse an die Wand gedonnert hatte, hellgraue Kreise um die Lichtschalter, Bleistiftmarkierungen mit Datum, um das Wachstum des Kindes festzuhalten, Wellen und Kritzeleien mit dem Buntstift, darunter eine Sonne mit Vampirzähnen, und eine ganze Reihe von Fingerabdrücken, grau, braun, dunkelrot und fast schwarz. Die Tapete ist hundertprozentig abwaschbar, hatte der Verkäufer versichert, die können Sie ein Leben lang behalten. Simone erinnert sich genau an den Satz, weiß, daß sie diesen Raum gestaltet hat, wundert sich über das Sofa, erkennt nichts. Mit dem Gehirn schon, mit dem Gefühl nicht. Alles ist fremd in diesem Zimmer, nicht nur die Möbel, auch das Usambara-Veilchen, das Nick seiner Mutter geschenkt hat. Man sollte es endlich wegwerfen, und den Hibiskus auch, der längst abgeblüht ist. Helga hat berichtet, wie die neuen Blüten zuerst knicken, dann abfallen. Ein Jammer, hat sie gesagt, vielleicht kommt er nächstes Jahr wieder, wer weiß, manchmal hat man Glück mit Pflanzen, aber an sich habe ich wirklich keinen grünen Daumen, nein, das kann ich nicht behaupten, bei mir geht früher oder später alles ein. Helga, die Mutter, macht sich schlechter als sie ist. Macht sich umsonst Vorwürfe. Helga ist unschuldig. Sie kann nichts dafür, daß sie so ist, wie sie ist. Sie kann nichts dafür, wenn die Pflanzen eingehen. Wenn Simone so ist, wie sie ist. Wenn

Simone eingeht. Helga hat getan, was sie konnte. Hat sich bemüht. Wollte nur das Beste. War halt zuviel für sie. Helga kann nicht über ihren Schatten springen. Niemand kann das.

Simone sitzt im Rollstuhl, vor ihr schäumt ein Glas Bier über, auf dem Bildschirm. Ein Vogel taucht, Wäsche flattert, kuschelweich, frühlingsfrisch, sagt eine fröhliche Frauenstimme. Im Fernsehen ist es noch Frühling, die Wiesen sind saftig grün, übersät von Gänseblümchen und Butterblumen, die nicht dazu passen. Es ist kein Sommer mehr, es ist Herbst. Die Birke verliert ihre Blätter, der Garten riecht nach feuchter Erde, nach Verwesung. Im Fernsehen läuft laute Musik. Fünf Männer mit langen, strähnigen Haaren bewegen den Kopf ruckartig vom Nacken bis zur Brust, ununterbrochen, schreien dabei Worte heraus, die man nicht versteht. Klingt zornig. Simone denkt an die Birke. Fühlt das eigene Rückgrat sich aufrichten, gerade wie ein Birkenstamm. Im Fernsehen schauen zwei Katzenköpfe um die Ecke. Ein Freßnapf voller Fleisch, ein Stengel Petersilie als Dekoration. Damenbinden, blaublütig. Andere junge Männer in Lederhosen reiben ihre Schwänze an ihren Gitarren, der Sänger macht es direkt mit der Hand. Nick hat sich in Tatjana verliebt. Seine Hand liegt auf ihrer Hüfte, ihre Hand liegt auf seiner Brust. Sie schlafen ineinander verschränkt auf dem Sofa, sind nur füreinander da, hören, sehen nichts, sehen auch Simone nicht mehr.

Sie haben ihr die Haare gefärbt, nicht viel, nur ein wenig. Das sieht man kaum, sagt Tatjana, das ist nur ein rötlicher Glanz, das wäscht sich schnell heraus, wenn die Oma zurückkommt, wird sie kaum noch etwas davon merken. Schwester Nelly meint, das sei schon ganz hübsch, aber man sollte die Patientin nach oben bringen, hier unten ist es unpraktisch, weil das Badezimmer halt oben ist. Macht nichts, hat Nick gesagt, sie bleibt hier. Man kann sie auch so waschen, oder? Dann hat er Schwester Nelly wieder abbestellt, weil sie ihm auf den Geist geht.

Als Nick zusammen mit Tatjana zum ersten Mal Simone im Rollstuhl durch das Viertel schiebt, begegnet er Nachbarn, die sich über den Rollstuhl beugen und laut sagen, Guten Tag, Frau Berger, wie geht es Ihnen denn? Dann schütteln sie den Kopf, gehen einen Schritt zurück, ziehen Nick zur Seite und flüstern betretene Sätze. Stellen Fragen. Nick antwortet nicht, schiebt den Rollstuhl weiter, begegnet anderen Nachbarn, die auch Fragen stellen, schiebt den Rollstuhl zurück zu dem Haus, stellt ihn auf der Terrasse ab. Tatjana häuft Decken auf den Körper, geht mit Nick ins Haus.
Simone hört Tatjana im Wohnzimmer stöhnen, einmal schreit sie auch, aber nicht vor Schmerz. Dann kommt Nick auf die Terrasse, nur mit einem dunkelblauen Bademantel bekleidet. Er zündet sich eine Zigarette an, raucht ein paar Züge, schiebt den Rollstuhl ins Wohnzimmer. Oben im Bad läuft das Wasser. Tatjana singt.
Ich hoffe, du langweilst dich nicht, Mama, sagt er, hast du

die Amseln gesehen, wie sie Regenwürmer aus der Wiese herausziehen? Wenn das Wetter besser wird, fahren wir in den Supermarkt zum Einkaufen, einverstanden?
Er wartet nicht auf eine Antwort. Er dreht den Rollstuhl zum Fernseher, schaltet das Gerät ein, rennt die Treppe hoch, zu Tatjana, die im Bad auf ihn wartet.
Simone hört sie planschen, hört sie spielen. Will nicht mitspielen. Will nicht fernsehen. Will zur Birke, aber nie schiebt Nick sie dorthin. Simone kann nicht fragen. Muß selber gehen. Kann nicht. Muß üben. Hat wenig Zeit. Schläft nicht mehr. Übt. Die rechte Hand heben, auf die Lehne stellen und aufstützen. Die linke Hand. Das Gewicht nach vorne verlagern. Den Hintern nach vorne schieben. Simone übt. Führt jede Bewegung im Kopf durch. Im Kopf steht sie längst bei der Birke. Ist nicht weit. Nur ein paar Meter hinter der Hausmauer. Simone spürt die Nähe der Birke, spürt sie in ihrem Rücken, durch die Ziegelsteinmauer. Spürt die Kraft, die aus der Erde steigt und sich bis in die Astspitzen ausbreitet.

Das Wetter wird nicht besser. Es regnet. Jeden Tag schiebt Nick den Rollstuhl wie einen Kinderwagen vor sich her, nur eine kleine Runde. Tatjana hält einen Regenschirm. Die Nachbarn bleiben zu Hause. Nur Frau Tietz kommt auf die Straße. Gibt nicht auf. Drückt Nick zwanzig Mark in die Hand, sagt, du bist ein so guter Junge, das ist rührend, wie du dich um deine Mutter kümmerst, wenn ich daran denke, daß die im Fernsehen immer behaupten, die Jugendlichen heute hätten kein Interesse mehr und würden sich nirgends engagieren! Sie sollten dich mal kennenlernen. Wie du dich für die arme Frau aufopferst, das ist bewundernswert. Nick, bist du sicher, daß du die Gartenarbeit nicht mehr machen willst? Ich könnte deinen Lohn ein wenig erhöhen und dir siebzehn Mark pro Stunde geben. Nick will nicht. Sagt, er habe keine Zeit für Gartenarbeit. Na ja, sagt Frau Tietz, schade, du warst gar nicht schlecht und viel billiger als ein Gärtner. Aber vielleicht kannst du wiederkommen, wenn es deiner Mutter besser geht. Und hör mal, Nick, sagt Frau Tietz, wenn es ihr wirklich besser geht, also jetzt nicht, aber im nächsten Frühling vielleicht, könnten wir zusammen mit ihr am See Kaffee trinken fahren, oder vielleicht in die Berge, damit sie ein bißchen herauskommt, weißt du, früher habe ich sie oft eingeladen, mit mir herumzufahren, das haben wir nie gemacht, ich bin sicher, ein bißchen Abwechslung würde ihr gut tun, den Rollstuhl kann man zusammenklappen und in den Kofferraum vom Wagen stecken, wofür hat man schließlich ein Auto. Nick, du mußt allerdings schon mitkommen, weil du dich mit ihr auskennst, allein würde ich mich nicht trauen. Deine Freundin kann auch mit, wenn sie mag. Sie ist aus Rußland, nicht wahr? Hat sie die Zugspitze schon gesehen? Frau Tietz plappert weiter, erzählt von einer Konditorei, die sie kennt, da gibt es sehr schöne Eisbecher, ich würde euch beide selbstverständlich einladen, und deine Mama auch, das würde gar nichts kosten. Nick bedankt sich sehr höflich, sagt, daß es noch zu früh sei, aber nächstes Jahr vielleicht. Als Frau Tietz außer

Hörweite ist, sagt er, blöde Kuh, die sollte man vom Gipfel der Zugspitze runterwerfen. Sie hat es doch gut gemeint, sagt Tatjana, sie meint es nicht böse. Meine Mutter konnte sie nicht ausstehen, sagt Nick. Laß uns nach Hause gehen, ich mag nicht mehr.

Heute fahren wir in die Stadt, sagt Nick. Freust du dich, Mama?
Seine Stimme ist bemüht. Klingt ähnlich wie die Stimme der Nachbarn, wenn sie fragen, wie geht es Ihnen, Frau Berger. Betulich. Seine Enttäuschung schwingt mit. Er hatte es sich einfacher vorgestellt, das hat er Tatjana gesagt. Er mag bald nicht mehr.
Wir könnten ihr etwas Schönes zum Anziehen kaufen, sagt Tatjana, es bleibt noch genug Geld übrig. Eine neue Bluse. Oder ein buntes Tuch.
Nein, sagt Nick, das hat keinen Sinn. Es ist hoffnungslos mit der Frau. Manchmal denke ich, daß wir alles falsch machen. Seit ein paar Tagen habe ich den Eindruck, daß es ihr schlechter geht. Sie öffnet kaum noch die Augen.
Du sollst dich nicht so schnell entmutigen lassen, sagt Tatjana. Sie braucht Zeit, das ist alles.
Ich weiß nicht, sagt Nick. Eine Weile habe ich geglaubt, daß ich das alles verstehe, aber jetzt …
Denke nicht soviel darüber nach, sagt Tatjana. Hör mal, wenn wir mit dem Einkaufen fertig sind, könnten wir auch ins Kino gehen, wir waren lange nicht mehr.
Nein, sagt Nick. Laß uns lieber allein gehen, wenn die Oma zurück ist. Ich habe kein gutes Gefühl. Ich weiß

nicht einmal, ob es gut für sie ist, wenn wir sie in die Stadt mitnehmen.
Ich kann mit ihr hierbleiben, sagt Tatjana, und du gehst allein.
Nein, sagt Nick. Wir haben es angefangen, jetzt machen wir auch weiter.

Aus dem Mund kommt Nebel. Kein Ton. Simone will sagen, Birke, will bei der Birke bleiben. Wird davon gerollt. Schließt die Augen. Kann die Ohren nicht schließen. Je näher sie an die Stadt kommen, desto schlimmer wird es. Das Gehirn weiß, das sind nur Autos, Fahrzeuge, Motorräder, Lastwagen. Das Gehirn wiederholt wie ein Rundfunksprecher, ganz normaler Verkehr, wie jeden Tag am Mittleren Ring, nichts besonderes. Wiederholt den Satz, normaler Verkehr, normaler Verkehr, aber der Satz kann nichts gegen die Angst ausrichten, die sich im Bauch bildet. Der Körper versteift sich auf dem Rollstuhl, unter der Wolldecke, Simone will schreien, Hilfe, Birke, kann den Mund nicht öffnen, die Wangenmuskeln sind erstarrt, die Zähne zusammengebissen. Kann nicht mehr schlucken. Kriegt keine Luft mehr. Eine Welle steigt, haushoch, grau und weiß wie Beton, und stürzt ein. Aus.

Der Körper sitzt im Rollstuhl. Vor dem Fernsehen. Keine Bilder. Der Körper heißt Simone. Muß sich erinnern. Muß sich bewegen. Die Hand heben, auf die Lehne stützen. Muß aufstehen. Muß gehen. Kann nicht.
Das Telefon klingelt.

Aber nicht doch, Oma, sagt Nick, hier läuft alles bestens. Und der Papa ist zurück, du brauchst gar kein schlechtes Gewissen zu haben. Mach dir keine Sorgen. Uns geht es prima. Mama auch. Also, wie immer halt.
Schöne Grüße von der Oma, ruft er vom Flur aus. Sie hat aus Südfrankreich angerufen, sie sitzt jeden Tag auf der Terrasse und schaut sich das Meer an.

Draußen ist es dunkel. Auf dem Bildschirm ist eine Frau mit dunklen Augen, Indianertyp, rauhe Stimme, verbrannte Erde und tote Bäume im Hintergrund.
Was ist das für ein Leben, sagt der Mann, der wieder da ist, und antwortet gleich für sich, das ist doch kein Leben. Der Junge ist vollkommen fertig, sagt er, schau ihn dir doch an, Simone, wie der aussieht nach einer Woche mit dir!
Simone kann die Frau auf dem Bildschirm nicht mehr sehen, sieht nur das Hemd des Mannes, seine Krawatte.
Wenn ich nicht so ein Feigling wäre, sagt er leise, würde ich dir einfach ein Kissen aufs Gesicht drücken.

Ich lasse mir von niemandem reinreden, sagt er zu Nick in der Küche, erzähl mir keinen Quatsch über diese blöde Birke. Sobald deine Oma zurück ist, mache ich einen Termin mit den Baumfällern. Im Winter wird die Birke gefällt, damit wir die Sauerei im Frühling nicht mehr haben.

5

Nächsten Mittwoch, sagt er, wird die Birke gefällt. Gegen zehn.
Morgen ist es soweit, sagt er.
Niemand antwortet.

Die Krankenschwester wäscht den Körper. Erzählt, ihr Bekannter habe sich endlich gemeldet, aber nur um zu sagen, es sei wirklich alles aus, und sie sollte ihn in Ruhe lassen, nicht mehr anrufen und nicht mehr vor seinem Büro warten. Er hat behauptet, ich würde ihm auflauern, sagt Nelly empört, können Sie sich das vorstellen? Nur weil wir uns zufällig in der Einkaufspassage über den Weg gelaufen sind, ich werde doch noch einkaufen gehen dürfen, was der sich einbildet, der blöde Affe!
Schieben wir sie auf den Balkon, sagt Helga, nur ein paar Minuten, bevor die Holzfäller kommen, so kann sie die Birke ein letztes Mal anschauen. Magst du einen Kaffee?

Dicke Decken liegen auf dem Körper. Zu schwer. Kann sich nicht bewegen. Simone kann sich nicht bewegen. Nur sehen. Die Birke.
Kahl geworden. Alle Blätter abgefallen. Kein Gold mehr an den Zweigen, nur noch Wassertropfen. Regen.
Simone hat Angst.

Nelly und Helga sind unten. Trinken Kaffee mit einem kleinen Sherry. Bleiben unten. Kommen nicht hoch.
Simone ist allein. Sieht die Birke. Hört ein Motorengeräusch auf der Straße. Kommt näher. Ein Wagen hält vor dem Haus an. Autotüren gehen auf. Knallen zu.
Ein Mann steht auf der Straße, sieht zu der Birke hoch.
Ja, das ist sie, sagt er. Scheiße.
Ein zweiter Mann stellt sich neben ihn, zündet eine Zigarette an.
Schöner Baum, sagt er.
Ja, sagt der erste, sieht ganz gesund aus. Erstaunlich für die Lage. Aber was willst du machen, er stört.
Immer dasselbe, sagt der zweite. Zuerst pflanzen sie Bäume, dann wollen sie sie nicht mehr, weil sie das Licht wegnehmen oder im Herbst Blätter verlieren, die sie zusammenkehren müssen. Am Schluß lassen sie den Vorgarten betonieren, weil das weniger Arbeit macht.
Ja, sagt der erste. Und dann stellen sie zwei Kübel Geranien neben die Tür, damit es nach Natur aussieht.
Du, da ist jemand, sagt der zweite.
Wo? fragt der erste.
Da, auf dem Balkon, antwortet er, eine Frau.
Hallo, Guten Tag, ruft er laut, Sie, da oben, sind wir richtig bei Berger, wegen der Birke?
Helga und Nelly kommen aus dem Haus, Helga gibt dem ersten Mann die Hand, fragt ihn, ob er eine Tasse Kaffee möchte, oder lieber ein Bier. Der Mann fragt, wer auf dem Balkon sei, der sollte lieber nicht da bleiben, die Birke würde zwar auf die andere Seite fallen, aber trotz-

dem sei es besser, die Frau wegzubringen, aus Sicherheitsgründen.
Helga kommt die Treppe hoch. Die fünfte Stufe knirscht. Sie löst die Bremse vom Rollstuhl, zieht ihn ins Zimmer zurück, schließt das Fenster, zieht die Gardine zu. Dreht den Rollstuhl um, mit der Rückseite zum Fenster und der Vorderseite zum Schrank neben der Tür. Nimmt die Decken weg, legt sie aufs Bett.
Es ist soweit, sagt sie, das bricht mir das Herz, aber was willst du machen.
Unten plaudert Nelly mit den Holzfällern. Sie lacht schrill auf.
Helga beugt sich zu Simone, legt die Hand auf ihren Arm. Es tut mir leid, Simone, sagt sie, die Birke wird gefällt. Aber man muß das Gute im Leben sehen, weißt du, danach wirst du einen freien Blick haben, es wird mehr Licht ins Zimmer kommen, das hat auch seine Vorteile, wenn man den Himmel sieht, was meinst du?
Simone sagt nichts.
Möchtest du etwas, Simone? fragt Helga. Nein? Dann bringe ich den Arbeitern eine Tasse Kaffee, bevor sie anfangen, oder glaubst du, daß die lieber Bier trinken?
Sie geht, läßt die Tür zum Flur offen. Ein schwarzes Loch.

Die fünfte Stufe knirscht. Es zieht kalt von der Haustür hoch. Nelly lacht, sagt laut, aber Sie sind mir vielleicht einer, lacht noch mal, und ein Männerbaß lacht nach.
Simone sieht ihre Hände im Schoß übereinanderliegen.

Hebt die Hände. Löst sie voneinander, bewegt sie zur Seite, läßt sie auf die Oberschenkel zurückfallen. Noch einmal. Simone strengt sich an. Hebt die Hände, die Unterarme, bewegt die Ellbogen, die Oberarme. Legt die Hände auf die Armlehnen vom Rollstuhl. Ruht.
Prost, sagt eine männliche Stimme draußen.
Prost, antwortet Nelly. Auf Ihr Wohl.
Simone öffnet die Hände. Spreizt die Finger um die Lehne, schließt die Finger. Spannt die Arme an, um den ganzen Körper nach vorne zu ziehen. Ruht.
Draußen öffnet jemand eine Autotür, knallt sie zu.
Wir tun Ihnen schon nichts an, ruft eine männliche Stimme, vor uns brauchen Sie gar keine Angst zu haben. Bleiben Sie doch da.
Ein Auto fährt an, nur ein paar Meter. Jemand würgt den Motor, zieht die Handbremse. Die Tür knallt.
Das war mir viel zu nah, ruft Nelly, ist mir lieber so. Jetzt können Sie anfangen, von mir aus.
Gleich, sagt der Mann. Gleich.
Birke, will Simone sagen, aber aus ihrem Mund kommt kein Ton mehr heraus.
Die Hände greifen die Lehne fest an, heben Millimeter für Millimeter den Körper hoch. Die Füße stützen sich auf den Boden. Die Knie zittern vor Anstrengung. Das Zittern nimmt zu. Simone läßt los. Der Körper sinkt in den Rollstuhl zurück. Schwitzt im Nacken, an der Stirn, zwischen den Brüsten. Keucht, als wäre er um sein Leben gerannt.

Danke fürs Bier, sagt draußen der männliche Baß. Jetzt schauen wir, daß wir auch mal unser Geld verdienen. Wenn sich die Damen ein wenig zur Seite bewegen würden.
Nelly lacht.
Ein Motor hüstelt, springt an, stirbt. Ein zweites Mal.
Das ist immer so, morgens, sagt eine männliche Stimme.
Wir haben es gleich.

Simone stemmt ihren Körper hoch. Läßt die Lehnen los. Steht. Schwankt, sucht ihr Gleichgewicht. Hebt die Arme nach vorne. Berührt die Wand. Muß weiter. Die Beine sind schwach. Zittern.
In den Flur gehen. Sich am Geländer festhalten. Die Treppe hinuntergehen, die Haustür ist offen, einige Schritte nach vorne, zur Birke.
Der Motor springt an. Läuft. Heult auf. Mehrere Stimmen schreien.

Weiße Wände, weiße Gardinen. Das Bett, verchromt. Der Körper liegt unter einer weißen Decke, die Handgelenke sind an den verchromten Seitenteilen angebunden. Auch die Füße sind angebunden. Jemand hat die Haare sehr kurz geschnitten.
Der Körper wird Frau Berger genannt. Er schreit, dann kommen Leute, spritzen etwas. Es hört nicht auf, weh zu tun, auch wenn der Körper im Nebel versinkt, tut es weh.
Manchmal kommen ein Junge und ein Mädchen in das Zimmer. Der Junge sagt Mama und weint, und das Mädchen küßt den Jungen und streichelt seine Haare,

dann gehen sie. Manchmal kommt eine Frau. Sieht alt aus. Auch sie weint. Hat rote Augen. Sonst kommen nur Leute, die weiß angezogen sind und nicht weinen.
Sie wird nicht mehr, sagt jemand, weiß angezogen, höchstens noch ein paar Wochen.
Der Körper tut nur noch weh. Dann nicht mehr.

Susanne Röckel, Eschenhain

Roman, 1997, 208 Seiten, gebunden

Susanne Röckel erforscht die Geschichte eines Hauses und der Menschen, die darin wohnen, daraus flüchten, real oder imaginär, und wieder zurückkehren. Der mit mehreren Preisen ausgezeichneten Autorin gelingt es auch in ihrem ersten Roman »mit bemerkenswerter Eindringlichkeit ..., den Leser in die beklemmenden Wahnwelten ihrer Figuren hineinzuziehen, bis er wie sie reale Bilder von Phantombildern kaum mehr zu unterscheiden vermag.« (Frankfurter Allgemein Zeitung)
»In Eschenhain sitzt jedes Wort, jede Person hat ihren Platz und ist den anderen mit fast geometrischer Strenge zugeordnet ... Ein schöner Wurf.« Süddeutsche Zeitung

Chinesisches Alphabet

Ein Jahr in Shanghai, 1999, 224 Seiten, gebunden

Ein knappes Jahr lebte die Schriftstellerin Susanne Röckel in Shanghai und lehrte dort Deutsch an der Universität. Ihre Beobachtungen, Assoziationen und Geschichten aus der chinesischen Metropole, einer Stadt zwischen Ost und West, Tradition und Moderne, zeigen eine im Umgang mit ihren künstlerischen Mitteln souveräne Autorin: Sie sind von scheinbar spielerischer Leichtigkeit und großer evokativer Kraft.

Hella Eckert, Hanomag

Roman, 1998, 192 Seiten, gebunden

»Es geschah in jenem verrückten Sommer, als ich sechzehn wurde. Mein Vater kam ins Gefängnis, und meine Mutter lernte einen Mann kennen.« …
Mit einem Kleinlaster brechen Vater, Mutter und Tochter aus dem ländlichen Süden auf. Sie lassen sich am Meer nieder, zwischen Hafenbecken, Containern und einer Bar. Niemand hat auf sie gewartet. Der Vater verläßt sich auf die falschen Ratgeber, das große Geschäft bleibt aus, und ein Unglück geschieht. Doch zum Schluß bekommen sie eine zweite Chance.

»Ein wundersam wunderbarer Roman, vorsichtig wie die Liebe und auch so schön.« Verena Auffermann, SZ

Die Arbeit an dem Roman *Die Birke*
wurde von der Stiftung *Pro Helvetia*
unterstützt.

1 2 3 4 5 01 00 99

© 1999 Luchterhand Literatur Verlag GmbH
Satz: Amann, Aichstetten
Druck und Bindung: Pustet, Regensburg
Printed in Germany. Alle Rechte vorbehalten
ISBN 3-630-87031-7